紫岚

徐则臣 著

知白守黑 / 2002年 / 68 cm × 68 cm

紫米

精典名家小说文库

谢有顺　主编

徐则臣

著

作家出版社

图书在版编目（CIP）数据

紫米 / 徐则臣著 . -- 北京：作家出版社，2017.8
（精典名家小说文库）
ISBN 978-7-5063-9661-5

Ⅰ . ① 紫… Ⅱ . ① 徐… Ⅲ . ① 中篇小说 – 中国 – 当代
Ⅳ . ① I247.5

中国版本图书馆 CIP 数据核字（2017）第 211235 号

紫米

作　　者：	徐则臣
责任编辑：	丁文梅
装帧设计：	精典博维·肖　杰
责任印制：	李卫东　李大庆
出版发行：	作家出版社

社　　址：北京农展馆南里 10 号　　邮　　编：100125

电话传真：86-10-65930756（出版发行部）
　　　　　86-10-65004079（总编室）
　　　　　86-10-65015116（邮购部）

E-mail:zuojia@zuojia.net.cn

http://www.haozuojia.com（作家在线）

印　　刷：北京中科印刷有限公司
成品尺寸：125 × 185
字　　数：74 千字
印　　张：5.875
版　　次：2017 年 9 月第 1 版
印　　次：2017 年 9 月第 1 次印刷
ISBN　978-7-5063-9661-5
定　　价：39.00 元

目录

紫

米

1

天一黑，老鼠就开始爬上米仓。它们排好了队来来回回地跑，我听得出来，脚爪拨米的细碎的声响拉出一条线，又一条线，再拐回头，一趟一趟地奔波。它们只是在米堆上跑着玩，嘴里根本没叼一粒米。住在米库里，出门就是堆得像山一样高大的紫米，哪只老鼠也不需要把米带进自己的洞里。沉禾出去了，我不敢点灯，只能躺在空床板上竖直耳朵，一只耳朵听着老鼠们忙碌地上上下下和欢快地喊叫，一只耳朵盯紧米库的大门。沉禾出去时把门锁上了，让我再从里面把门插上。我不放心，又用三根木棍抵住了大门，那么大的门，一辆马车都跑得进来。

沉禾临走的时候让我早点睡，明天早上早点起来，把米仓里的老鼠屎打扫干净。那些散落各处的老鼠屎，打扫起来真是麻烦，一不小心就混同了紫米，颜色和大小都有点像，我要在米仓里待上半天，一粒一粒把它们区分开来。我睡不着，往常的这个时候我都是和他精神抖擞地抓老鼠的。我们悄悄地从梯子上爬近米仓，我掌着灯站在梯子旁边，沉禾挥舞着一个捕鱼的网兜，那些肥硕的老鼠找不到梯子下仓，只好惊慌失措地钻进沉禾的网兜里。一次能抓半个口袋。沉禾喜欢听老鼠在口袋里沉重地叫唤和奔突，那声音听得他心花怒放，他喜欢吃新鲜的老鼠肉。我也很高兴，八角茴香煮出来的老鼠肉味道的确是美极了。

原来我当然是不吃老鼠肉的，听了都犯恶心。第一次沉禾骗我吃，他没说是老鼠肉，只说是好东西，后来我就吐了。那时候我刚到米库里来，大水和黄老大把我送过来的，他们说，我要是再待在船上，一定会死在水上的。我拉肚子，昏天黑地地拉，我也不知道为什么一天要在船舷边上蹲那么多次，蹲到最后只好在腰上系一根绳子，以免两腿一软栽进河里。的确是腿软了，浑身上下都软，吃什么吐什么，喝水都要拉，整个人飘飘荡荡的像张纸。他们就决定把我送上岸来，就是沉禾的米库里。我不想上岸，在这个陌生的地方我只认识大水，别人和我都没关系。但是大水和黄老大决定把我扔下，这样说不准还能活下一条命来。我像一堆骨头被扔到了小码头上，他们的船就离开了。沉禾块头很大，把我夹在腋下，拖着拽着弄到了米库。

"哭什么哭，"他扔掉汗湿的上衣说，"死在地上总比死在水上强。"

然后给了我一碗煮得烂熟的肉，浓郁的香味让我的肚肠一个劲儿地拧麻花。我一脸泪水地吃下去了，吃完了沉禾说，老鼠肉味道不错吧？我的脖子立马伸长了，吃下去的如数吐了出来。

"不想吃？我这里就只有这东西了，不吃拉倒。"

沉禾饿了我整整一天，又端了一碗老鼠肉给我，我闭上眼，按照他的指点塞上耳朵和鼻子，咬牙切齿地吃下去。就吃下去了。然后是第二次，第三次，我终于在嘴里尝到了和鼻子闻到的同样的香味。然后我也出人意料地减少了拉肚子的次数，慢慢地找到了身体的感觉，直到什么事都没了。我又站直了，和好好的时候一样。能跑能动我就想回到船上去，可是他们都不答应了。黄老大和大水哥觉得我在船上没什么用处，个头那么小，看起来也就十一二岁，小屁孩能干什么。沉禾却觉得我留在米库大有所为，可以给他做个伴，帮他看门和抓老鼠。一个不要，一个不放，所以我就留在了米库。

照理说，米库里的日子还是很好过的，就是沉禾不在的时候替他看看门，晚上和他一起爬上米仓抓老鼠，最忙的也不过是清扫一下老鼠屎。很快就习惯了，还有吃老鼠肉，也习惯了。日子还不错。就是偶尔晚上一个人待在米库里时，听着外面陌生的风声和水声有点害怕。比如现在，沉禾又出去了，到镇子里喝酒，赌钱，或者干其他的事。米库外面的风声阔大漆黑，卷起水边芦苇的声音如同波浪翻滚，整个黑夜在我的耳朵里变得浩浩荡荡。我听着米仓里的老鼠和门外的大风，开始数小鱼，一条鱼，两条鱼，三条鱼。后来终于记不清到底数了多少条，心里迷迷糊糊地高兴了一下，我知道我要睡着了，头一歪就睡过去了。

沉禾回来已经是后半夜，他砸门把我惊醒了。我眯缝着眼摸黑去开门，从门外涌进一阵风，有种刺鼻的香味。沉禾拖着脚往自己的床上走，突然停下来转过身，把上衣撩起来送到我的鼻子底下。

"闻闻，什么味？"

我含混地说："香。"

沉禾就笑了，拧了一下我的左腮，说："小东西，鼻子倒灵光。他妈的，累死我了，睡觉。"

米库是蓝家的，这地方叫蓝塘。这个名字我在石码头的时候就听过，每年端午节包粽子，婆婆都会从花街上孟弯弯家的米店里买来一碗紫米，多多少少分散地包进十来个粽子里。这些粽子都是留给我吃的，为了能够区分，婆婆把这些粽子包成四角状，而不是一般的三角粽子。婆婆说，紫米好吃，咱们这地方没有，是孟弯弯特地从很远的地方蓝塘运来的，你要全吃掉，一粒米也不能剩下。我就全吃下了。

我吃完了紫米粽子，婆婆问我："什么味？"

我吧嗒吧嗒嘴说："好吃。"

其实我也没吃出什么特别的味道来，就是觉得它应该好吃。那么好看的米，怎么会不好吃呢？蒸出来的紫米晶莹透亮，像一堆刚长出来就熟了的紫葡萄。我就记住了一个叫蓝塘的地方，盛产婆婆舍不得吃的紫米。然后在黄老大贩运紫米的船上，看到一麻袋一麻袋的紫米，隔三差五就能饱饱地吃上一顿紫米饭。那么多的紫米，可惜婆婆再也吃不上了，婆婆死了。我常想象那些圆润的紫米怎样一颗一颗地堆积在我的肚子里，想得我心都疼了，一船又一船的紫米，能包多少个四角粽子啊。现在，竟然住进了米库里，满屋满眼都是紫米，一堆堆，一仓仓，每天早上，它们和老鼠屎混在一起。

听说米库建在水边上是蓝家老爷的主意。蓝老爷叫蓝凤之，老爷的意思很明确，蓝塘镇靠在水边，当然要靠水吃饭，把紫米通过水路运往各地，这样才能财源滚滚。蓝老爷我没见过，听沉禾说，老头子已经老得差不多了，只会关在笼子里玩猫了。我想不出一个老头子是如何关在笼子里和猫玩的。沉禾说，还能怎么玩，他把自己也当成猫，一块儿吃喝拉撒睡。这我就更想不清楚了，人怎么能和猫一起过日子呢？沉禾烦了，说我怎么知道，我要明白我不也得去笼子里跟猫睡了？他说得也对，他又不是蓝老爷。沉禾的眉毛都上去了，我就不敢再问了。蓝家我也没去过，只是远远地看着，离米仓不是很远，能看见蓝家的一群高大的房屋从众多的矮小瘦弱的青砖灰瓦里挺身而出，沉稳地雄踞中央。那是我见过的最气派的屋子，看着让我有点害怕。

米库是蓝老爷的，整个蓝塘都是蓝老爷的，我在船上的时候，他们都是这样说的。他们说得有鼻子有眼的，做饭的黄毛说，蓝老爷年轻的时候，在外面喝醉了酒，骑着毛驴往蓝塘走。走到半路忍不住了要撒尿，就在驴身上解开裤子尿开了，一边尿嘴里一边咕哝，肥水不流外人田。身后的随从就说，老爷喝多了，这不是蓝塘的地界。蓝老爷撒了一半停下了，我说是就是。然后接着撒完了剩下的一半。第二天蓝老爷酒醒了，随从提起这件事，蓝老爷说，怎么不是？大手一挥，买。那地方就是蓝塘的了。

"蓝塘真是蓝老爷的吗？"我问沉禾。

"谁说的？"

"人家都这么说。"

"说不定是谁的呢。"沉禾说，"你以为这么大的镇子是个米库呀？"

"米库是蓝老爷的。"

"谁知道呢，"沉禾抹了一把胡楂铁青的下巴。"这年头谁也不敢说什么是谁的。别瞎掺和，去，拣老鼠屎。"

我拿着一个畚箕爬上米仓，我喜欢赤着脚踩在紫米堆里，拥挤的米摩擦着脚心，痒痒的，心里就生出吃饱了饭的幸福感。那么高的米仓，那么多的紫米，把整个大屋子都映得暗淡了。幸好阳光从天窗里进来，照亮了像沙丘一样堆积起来的紫米。我蹲下来，伸长脖子用手指去拣老鼠屎。米库里养了无数能吃能拉的老鼠，有些刁顽的老鼠甚至把硬邦邦的小屎蛋埋进深米里。一粒一粒地挑出来，一会儿眼就看疼了。我曾经抱怨过，为什么不把那些该死的老鼠一口气都打死。

"一个不剩？"沉禾看着我，眼光都有点像老鼠了。"都打死你哪来的老鼠肉吃？"

我就不说话了。他很喜欢吃老鼠肉，我也喜欢上了。是啊，都打死了我们吃什么呢。为了隔三差五地来上一顿美味，我们把它们都留着，用晶莹的紫米喂饱它们，然后我一粒一粒地把它们拉下的都拣出来。

沉禾的衣服都要我来洗，没有二话。原来是三天洗一次，因为他只有两件可换的衣服。然后是两天洗一次，他最近刚刚找镇上的裁缝做了一件。那件衣服看起来很体面，把他整整齐齐地套在衣服里，都有点不像沉禾。有时候他自己都烦，把衣服扔给我的时候就说，随便揉揉就行了。

我就是随便揉揉的，更多的是随便踩踩。我把衣服拿到河边上，在水里涮了一下就放在青石上踩，踩着脚踩，跳起来踩。踩完了再涮涮，就洗完了。我把拧干的衣服放在鼻子底下闻闻，衣服上的香味还在。重新涮一下，再踩，拧干。然后大衣服小衣服都甩在肩膀上往回走。老远就听到看门狗大耗子在咿咿呀呀地哼唧，接着看到一个梳着好几根小辫子的女孩站在米库的右边，手里拿着一把花花绿绿的小扇子在摇摆，大耗子是冲着花扇子哼哼的。我在桑树底下站住，一声不吭，大耗子看见我开始往上跳，铁链子抖得哗哗响，她转过身看到我。

"你是谁家的小孩？"她问我。

她问我是谁家的小孩？我都快十六了！我没理她，走到米库宽阔的大门边。又闻到一阵香味，终于想起来了，好像是栀子花香。有点潮湿，还有点呛人。我把衣服抖开，凑上去闻闻，我只闻到了河水混沌的味道。

"喂，你是谁？"她又问我。

我看看她，抽了几下鼻子，听到米库里响起女人咯咯咯咯的笑声，一点一点上扬，接着慢慢歇下来。在收尾之前，从米仓的后面走出一个穿花旗袍的年轻女人，后面跟着满脸堆笑的沉禾。我转身就走，打算去晾衣服。

"你站住，"那女人说，沉禾跟着她来到外面。"你说的就是他？"

"是，三太太。"沉禾说。

"多大啦？"

沉禾说："过来！三太太问你话哪。"

我转过身，低着头不敢说话。沉禾说："三太太别见怪。这孩子马上十六了，没见过世面，胆小。"

"十六？我看就十一二岁吧，长得跟个小人似的。"

"就十六！"我说，风送过来栀子花的香味。

"脾气还挺倔，"那女人又笑起来，甩了甩手里的丝巾。"沉禾，老爷吩咐过了，一定要把米库看好。还有，多给这孩子吃点，十五六还像个娃娃。别让人小看我们蓝家的紫米不养人。"

她和逗狗的女孩离开了米库，走得袅袅娜娜，上了回镇子的路。沉禾搓着手一直看她们走远，然后响亮地吸了一下鼻子，对我说：

"三太太。记着，以后别这么没规矩。要说三太太好。说一遍。"

"三太太好。"

"就这样。老爷让三太太过来检查我们米库的，她很满意。"

2

阴天的时候我心情就不好，也不是不好，就是不高兴，心有点沉，像那些雨前低空飞行的鸟一样，飞得沉稳但是飞得很荒凉。这两天我莫名其妙地想家了，这是沉禾说的。我不知道是不是，我都没家了，还想什么家呢。我就喜欢在阴暗的天底下坐到河边上，一条河汊，一个为了装运紫米修建的小码头，偶尔有一两条小船从河汊经过，多数都是打鱼的，船头站着三两只光脑袋的鱼鹰和细脖子的竹篓。那些摇船的人经过码头时会向我露出牙齿笑一下，可我不认识他们。我就那样抱着膝盖坐在石头上，听风吹动稀疏的芦苇荡发出水一样的声音，想起婆婆、石码头、花街，当然也会想起来我叔叔陈满桌一家。叔叔满桌、婶婶白皮，还有我得叫姐姐的花椒和茴香，不知他们怎么样了。叔叔还在红着脸喝酒吗？白皮不知道还去不去光棍酸六的床上。花椒要嫁给鹤顶的那个男的了。诬陷我偷了手镯的茴香，如果她还经常爬上我家院子里的老槐树，是不是能看见我坐在一个叫蓝塘的地方的水边上想起他们呢？婆婆坟头上的草该黄了，蓝塘的草也一天变一个样了，所有能动的东西都在朝秋天的深处走。我还想起了老歪、林婆婆的裁缝铺、孟弯弯的米店、麻子的豆腐店，当然，还有花街上一到晚上妓女就在门楼底下挂起的小红灯笼。

如果想起这些就是想家，那我就是想家了。离开石码头都三个多月了，现在的天已经开始凉了。这些天我一有空就来到河边上，一坐就是半天。沉禾有事就会扯起嗓子喊我，听见了我就撒开腿往回跑，做完了事又磨磨蹭蹭地回来了。沉禾说，大水和黄老大他们的米船这两天就该回来了。我想等大水回来了，让他把我带回石码头，我想看看，看一眼也行。这么想着，眼泪就下来了，好像我已经看到那些房屋和树，那些小灯笼和人。

沉禾又喊我了，我站起来，跑回米库。

"船来了没有？"

我摇摇头。

他看看我，又看看天，不耐烦地说："再不来下了雨就没法装米了。"

我看没什么事，转过身又想朝河边走。

沉禾说："还去？你可记着，下雨要朝屋里跑啊。"

"记着了。"

我知道他在笑话我，他觉得我有点傻，就像在石码头时茴香说的，是个呆木头。沉禾不叫我呆木头，嫌麻烦，就叫木头。他说，木头，拣老鼠屎去。木头，洗衣服去。木头，吃饭了。木头，守好门，谁也别让进来。我都答应着，知道了。

刚在河边坐了一会儿，就落雨了，河里尽是一个个跳动的小水圈。我紧跑慢跑，到了米库头发还是湿了。外面暗下来，提前天黑了，雨声遮住了世界。沉禾让我关上门把灯点上，看样子船是不会来了，我们早早吃饭，吃饱了睡觉。

黄老大的米船回来时，我和沉禾已经睡下了。他们把大门擂得山响，进了门一个个直抖，冷得牙齿打架，衣服都淋透了。这一趟船九个人，吆喝着让我和沉禾生火。米库宽敞，他们在厨房里围着火塘脱光了衣服烘烤，一大碗烧酒轮流传着喝，我在一边给他们煮肉。黄老大他们每次都这样，回来时带了一堆菜，荤的素的，还有酒，酒足饭饱了才出发。大水早就告诉过我，跑船的都这样，好日子过一天赚一天，谁也不愿亏待了自己。

沉禾说："雨太大，装不了船了。"

"停了再说。"黄老大说，把正在烘烤的衣服扔给我堂哥大水，光着屁股就掀开了锅盖，挑了一块半生不熟的猪头肉塞进了嘴里，"今晚好好喝上一顿，然后开赌。赌上他妈的一夜。"

"明天不装米了？"黄毛说。

"装个鸟米！"大水说。"这样的雨看样子三两天是不会停的。"

他们只穿了条裤子就开始围到八仙桌前喝酒。一桌子都是大海碗，装着菜和酒，酒坛子放在中间。他们大声地吆喝着，划拳，叫骂，开一些女人身体上的玩笑。都是老一套，有的段子我在船上的时候就听过很多次了，现在他们讲起来依然津津有味。我站在大水边上，用手抓肉吃，一只眼不时瞟着他，我想跟他说，送我回石码头。大水的脸在油灯底下涨得通红，泛着油腻腻的光。其他人也一样，喝得脖子脸都大了。

我碰了碰大水的胳膊，小声说："哥。"

大水愣了一下，满嘴酒气地笑起来，"总算叫我一声哥了。有事？"

"我想石码头了。"

"石码头？想回家？"大水嘴里嚼着鸡腿，声音含混不清。"那地方你还敢回去？"

他们都笑起来，他们都知道我是害怕叔叔和白皮逼我找玉镯才逃出来的。黄老大夹了个紫红的辣椒塞进我嘴里，吃得我直打喷嚏。很久没吃辣椒了，但我能吃。接着又吃了几个。

"不错啊，还能吃辣。"黄老大说，"不怕白皮掐死你？"

他们又笑起来，大水也跟着笑。

"我想石码头。"我又说。

"石码头有什么好？回去你饭都没得吃！"大水说，"要回你自己回，我不回去。我死了也不想看那一家子，陈满桌没我这个儿子。"然后挥着油腻腻的手说，"大家动作快点，喝完了大赌一把。"

但是那天晚上大水的运气太差，几乎从头输到底。我收拾好桌子之后，他已经把口袋里的钱输掉了一半。先是打麻将，然后推排九，最后掷骰子。能玩的都玩了一遍。开始是十个人围在一起玩，后来就分成了两伙，五个人一堆。大水和黄老大、沉禾、黄毛还有一个叫老六的凑成一堆。我在旁边站着看他们推排九，我希望大水能赢两把，赢了他就会高兴，一高兴什么事都好办了。可是我站得腿都疼了，他还是输。大水一边输一边骂骂咧咧，骂那些遥远的祖宗给他带来了坏运气。这样我就更不敢说了，在船上赌输了，他曾经打过我。黄老

大说了，大水就这一点不好，禁不起输，一输人都变样
了。他们玩现钱，大大小小的票子都堆在桌上。大水面
前的钱越赌越少。两拨人都很投入，脑袋凑在一块儿，
酒气下去了，眼红起来。

"不行，"大水把桌子拍了一下，"来点快的，掷
骰子！"

那时候我实在顶不住了，俩眼皮直打架，一个人爬
到床上睡了。记不得睡了多长时间，我被大水叫醒了，
他把我拖下了床。

"睁开眼，醒醒！"他握着我的脖子剧烈地摇晃。

"什么事？"我迷迷瞪瞪地问。他们还在赌，屋子里
充满了浓烈的烟酒味。

"你不是要回石码头么？"

"嗯。"

"我带你回去，"大水说，把我拽到赌桌前。"我把
他带来了。"

大水已经输光了，他要把我当作赌注跟沉禾赌最后一把。

"木头，你同意？"沉禾问我。

"不同意也得同意，我是他哥，我说了算！"大水说，伸手去揭扣在桌子上的瓷碗。"开！"

就开了。沉禾、老六、黄老大他们一起叫起来，大水又输了。他像一堆烤红了的肉瘫在凳子上，手指在头发里慌乱地出入。

沉禾对我招招手，"过来，木头。从现在起，你是我的了。"

黄毛说："你要个小孩干什么？"

"是个人都会有用的，"沉禾嘿嘿地笑，说，"不行做个儿子也不错。"

大水突然跳起来拍响了桌子，"你他妈的说什么？"

沉禾立刻摆摆手说："开个玩笑，开个玩笑，留着做弟弟。我怎么能比大水兄高一辈呢？你们说是不是？"

日子和过去没有两样，只是我慢慢地就不再想回家的事了。偶尔会在梦里回到石码头，见到叔叔一家和花街上的街坊，我知道那也就是一个梦，梦过了也就完了，顶多发上一阵子呆，又得起来去拣老鼠屎了。

十月底的一天，我照例在河边观望去扬州的米船回来了没有。天很好，秋高气爽，野地清净，不远处的蓝塘镇也很明亮。我把洗好的衣服放在一边，坐在青石上看着渐走渐近的船只。看样子是我们的米船。船安静地到了码头，没有人说话，黄老大和老六抬着一个担架从甲板上走下来，担架上是个蒙了白布的人形。

黄老大走到我跟前站住，说："你哥死了。被人用刀捅死的。"

我走到担架前，掀开白布，看见了大水的脸，胡子乱糟糟的，已经很多天没刮了。眼睛闭着，睡着了的样子，比活着的时候更好看，不那么凶。我遮住他的脸，看到了桅杆上飘着一条长长的白布，我早应该看见它的。老六他们跟在担架后面，缓慢地向米库走去。我抱起洗衣服的木盆，一路跟着哭过去。

大水死得很简单。他们的船停在返航的一个码头上，几个人上岸找乐子。大水看中的那个妓女同时也被另外一条船上的人看中了，为了争那个妓女，两个人打起来了。大水赤手空拳，那个人却从身后下了刀子。连捅五刀，大水当场就不动了。黄老大说，这个大水，凡事非要去争那个脸，不就一个妓女么。听老六说，那个妓女其实不怎么样，不知道大水哪根筋搭错了。

大水被葬在了米库前的水边上，正对着小码头。我去河边洗衣服或者坐在青石上，都能看见他的碑文：外乡人大水之墓。黄老大他们的米船走了，把大水留下了。按照故乡花街上的风俗，我要按时到大水的坟前烧纸，给他过满五七。

紫
米

　　二七那天，我一个人去镇子上买烧纸给大水上坟。
回来时天近中午，米库的大门关着，沉禾不知到哪儿去
了。我推开门，放下烧纸，听到米仓里细细碎碎的有不
少动静。那声音不像是老鼠弄出来的，我往前走，有翻
动米的声音和喘息的声音。米库这儿很少有人来，也不
应该是沉禾，他没事很少到米仓里去。这么想我就感到
了恐惧，我从床头拿起一根铁棍慢慢向米仓走，脚步提
得很轻。喘息的声音更加粗重清晰了，好像在拼命地往
口袋里装米。

　　我踩着梯子小心忐忑地爬上去，握紧了铁棍。爬到
顶上时，我看到了两个人扭在一起，沉禾光着身子在上
面，像一头耕地的老牛不停地蠕动着汗津津的屁股。沉
禾的两手插在紫米里，不断地翻动。我把头歪向一边，
赫然看见了三太太的脸。三太太的头发披散在米里，两
只手各抓一把米高高举起，米从指缝里流下，又落到了
米里。三太太突然睁开眼，她看见了我。我惊得一下子

慌了神，手一松，铁棍掉了下去，撞到梯子上一路响下去。一连串的声音把我吓坏了，赶紧往下跑，下到梯子半截，一脚踩空人摔在了地上。

我听到沉禾一边喘息一边喊："木头，你给我站住！"

我连滚带爬地从地上起来，磕磕绊绊地跑出了米仓。跑到了河边我就不知往哪里跑了，围着大水的坟堆一圈一圈地转。我看见沉禾提着裤子站在米库门前，他空出一只手招呼我回去。

"回来，木头！"

我们就这么看着对方，沉禾不懈地招着手。我回去了。刚到门前，三太太从屋里出来，一边还在抖着头发里的米粒。

三太太冷着脸指着我，问沉禾："这孩子怎么办？"

沉禾突然从后面捏住了我的脖子，疼得我几乎喘不过气。沉禾说："说！"

我哑着嗓子说："三太太好。"

沉禾松开手，拍拍我的头说："木头现在是我弟弟。木头，是不是？"

我点点头。

"是不是？说话！"

"是。"我大声说。

三太太走过来，把手放在我肩膀上，说："真没问题？"

"不相信你就看着他，"沉禾笑起来，笑了半截停住了。"我倒是突然想起来，干脆把木头送给你算了。"

"瞎说！我要他干什么？"

"这你就不懂了，"沉禾拎了拎我的耳朵。"我弟弟在你身边，我就可以经常去看他了。"

说完，沉禾又笑起来。过了片刻，三太太也跟着笑起来。

逍逝 / 1987年 / 189 cm × 98 cm

凄寒岁月 / 1988年 / 188cm×63cm

3

蓝家的院子坐北朝南，大，简直大得过分，门前蹲着两个石狮子，大红门，轰轰烈烈的红，愤怒一样的红，红得让人心酸。我就记得这一点了，进了门只顾着跟上红歌姐姐曲曲折折地往前走。就是上次在米库前逗大耗子的那个女孩。她一边走一边指指点点地告诉我，这是什么，那是什么，要记住走过的路。我拎着一个小包，里面装着几件换洗的衣服，不住地点头，其实我什么都没记住。我不明白他们为什么要把一条好好的直路弄得拐来拐去，一会儿花园，一会儿石头，一会儿竹丛，冷不丁又冒出来个水池，乱七八糟的都往院子里堆。

红歌回过头问我："小木头，你在咕哝什么？"

"院子里怎么堆这么多东西？"

"大嘛，不堆东西不就太空啦，"她咯咯地笑。"没见过世面了吧？到了，到了。"她拐到另一条青砖铺就的路上，"就这里，三太太的院子。"红歌走到门前又停住了，凑到我耳边说，"记住，千万别在三太太跟前提孩子的事。"

"噢。"我茫然地点头。

"三太太的孩子在四岁时死了，她忌讳别人说这事。"

然后我就见到了三太太，懒洋洋地坐在躺椅里嗑瓜子，脚上挂着一双绣花棉拖鞋。我问过好，三太太用下巴指了指旁边的一个小屋子，示意红歌把我带进去。屋子里有点暗，小是小了点，但床铺被子都有。

红歌站在门前，右手食指在空气里转了一圈，说："这地方就是你住的了，记着，别弄脏了。"

我使劲地点头，门口已经没人了。

我不知道我该干什么，三太太和红歌不说，我也不敢问。也许的确就没什么事可干，一大早起来我到厨房里和一群老头老太太一起吃过早饭，就坐在床上等别人来叫我去干活，叫我洗衣服、拣老鼠屎都行。可是没人理我，我只好一直坐到吃午饭，然后回来再坐。坐得我心慌。厨房里的那群下人知道我是新来的，就说，三太太的院里的？好啊，最忙的时候就是吃饭了。他们说跟着三太太最舒服了，老爷什么事不想着三太太？我把这话跟红歌说了，红歌说，别听他们瞎嚼舌头，他们眼红呢，这两天你到处看看，有事会叫你的。还有，记着，只是看看，别到处乱闯，见了人嘴放甜点儿。

红歌说了，有事会叫我的。这就好了。给三太太问过好之后，我谨慎地出了门，走得很慢，为了记住回来的路。蓝家的院子白天黑夜都很冷清，除了干杂活的下人，很难在路上遇到哪个需要鞠躬问好的人。我花了一天的时间把各条路都走了一遍，发现蓝家大院里还分出四个小院，就像三太太那样的小院，有个青砖灰瓦的小门楼，檐下描着花红柳绿，小院的墙上爬满紫藤、茑萝或者爬山虎。我没敢进去，只是伸头向院子里张望了几眼。几个院子大小不一，院子里的摆设布置也各不相同。后来我才知道，这四个院子分别是老爷、夫人、二太太和三太太住的。夫人十几年前就死了，现在院子里住着少爷，少爷在外面读书，院子里基本是空的，空荡荡的院子里只住着少爷当年的奶妈和服侍她的一个丫头。她们一到晴天就把所有的门窗都打开，为了让阳光照进屋里，等着少爷每年有限的几次归来。

二太太在病榻上已经躺了好几年了，听说二太太年龄不是很大，但是自从躺到病床上就开始迅速地老下去，一天一个样，皱纹像蚯蚓一样在脸上到处乱爬，人也瘦得不成样子了。这些年一直在找大夫，看来看去还是躺在床上，还是瘦。大夫也没办法，只好让她安心地在床上躺着了。听说二太太年轻时很漂亮，比三太太还好看，这一点可以从小姐的身上得到证明。那些老妈子说，小姐长得和二太太年轻时简直是一个模子里出来的。小姐不在家，也在外面念书，和少爷在一个城市里，每次回家，都是兄妹俩结伴归来的。

再就是老爷的院子了。他们说的和沉禾说的一样，老爷果然是在养猫，都是白猫，养得如此投入，以至让人造了一个巨大的铁笼子，把自己和数不清的白猫关在一起。那大概是世界上最大的笼子了，占了院子的三分之二，笼子把一棵长了八十年的银杏树罩在了里面。此外，老爷还命人在笼子里修建了一间卧室和一间书房，以及数不清的猫屋。他常年住在里面，轻易不出笼子。可惜我走过老爷的院子时，院门关上了，只能看到爬满青藤的墙头上方，一个巨大的铁笼子的一部分在阳光里闪闪发亮，还有那棵八十岁的银杏树的树梢，银杏树叶开始变黄，耀眼的金黄，如同一树燃烧的黄金。我听到几声猫叫，有慵懒的，有缠绵的，也有凄厉的。

三天以后，沉禾来了，给我带来了一碗老鼠肉。他在我的床上屁股都没坐热就去了三太太的房间。他刚走，红歌就来到了我的小屋里，我正在狼吞虎咽地吃老鼠肉。

"沉禾去了，"红歌说，她刚从三太太的房间里出来，坐下来之前用力地嗅了嗅，问我，"你在吃什么？这么香？"

我挑起一根老鼠的后腿，说："老鼠肉。"

红歌凑过来，伸长脖子看了一眼，哇地捂住嘴，"这东西你也吃！快扔掉！快扔掉！"

"我还没吃完呢。"

"扔掉！我让你扔掉！现在就扔掉！"

红歌捂着嘴跑到了门外，比划着让我扔掉，我再不扔掉她可能就会哭起来。我没办法，吃下最后一口，把剩下的一大半肉都倒掉了，回来时看到她坐在门前直犯恶心。

"哪来的？"

"沉禾带来的。"

"以后不许吃了，听见没有？"

"听见了。"

"听见什么？"

"以后不许吃了。"

"不许吃什么？"

"老鼠肉。"

红歌扑哧又笑了。红歌十六岁，和我差不多大，但是比我高。因为比我高，她就认为比我大很多，让我叫她姐，还要我什么都听她的。

"记着，以后不许再吃了。"

"不吃了。"

她朝三太太的房间看了看，拉着我向院子外边走。"你叔叔和婶婶真狠心，你这么小就把你赶出家门，"红歌说。"我也是，后娘不要我，把我卖到了蓝塘。"她指着院门前的石凳让我坐下，"我们就在这里看着，有人来了就说三太太不在，听见了没有？"

然后她就向我说起她爹死后，她是如何被后娘卖到蓝塘的，又如何被管家智二先生买进蓝家的。她说她以后再也不理她后娘了，见了面也不理她。但是她想她弟弟，她说如果有机会，一定要回去看看弟弟。一边说一边抹眼泪，直到沉禾从三太太房间里出来眼泪也没干。

沉禾要带我出去走走，我看看三太太，她正面色红润地站在屋檐下，胳膊抱在怀里，身上披了一件外套。她对我摆了摆手，微笑起来，很少能见到这么平和地对我笑。她答应了。

"没乱说话吧？"出了门沉禾就问我。

"没有。"

"这就好，"他把手搭在我头上。"以后有人问你是谁，你就说是我沉禾的弟弟。"

沉禾带着我拐弯抹角地走，路上偶尔遇到几个熟人，老远就和人家打招呼，说我是他弟弟，他是专程来看我的。没办法，大水把我托付给他，他理应照顾好我。我们转过一小片竹林，来到一小户人家前。沉禾刚敲两下门，门就开了，从里面走出一个戴着眼镜的小老头。

"智先生您忙哪？"

小老头扶了扶眼镜，说："是沉禾，米库还好吗？"

"还好，"沉禾说，然后拍着我脑袋，"快叫智先生好。"

"智先生好。"

"他是？"智二先生说，"是不是三太太提到的什么木头？大水的弟弟？"

"是，正是。大水把他托付给我，就是我的亲弟弟了，我应当尽力照顾好他。现在伺候三太太，还请智先生多多关照。"

"上次我就和三太太说过了，大水替蓝家做事，他的事就是蓝家的事，就是我智二的事。难得你这么仁义，收留了这孩子。我早就说过，当年你父亲只是一时糊涂，那几船米的事就不再提了，他把命都搭上去了，也算有个交代了。沉禾你要好好干。"

"当然，当然，还请智先生多多提携。"

"好好干，老爷是会看得见的。大家都会看得见的。"智二先生说，"还有事吗？我要去把最近的情况跟老爷说一说。"

"就是米库的事，有一点小想法，想向智先生请教一下。"

"那好，我们边走边说。"

他们在路上没能说上几句话，智二先生个头不高，走路倒是挺快，很快就到了老爷住的那个小院门前。智二先生示意过会再说，他扣响了门环，对着里面说：

"老爷，我是智二。"

"进来。"声音有点慢，有点尖，真有点像猫叫的了。

智二先生推开门进去了，转身又把门关上了。在开门的当儿我看见了传闻中的铁笼子，果然巨大无比。笼子里有屋子和银杏树，还有到处乱跑的数不清的白猫。没看见老爷，他大概还在屋子里。智二先生进去后，我们听到一声他的惊叫和无数猫的叫声，然后里面就安静了。

我和沉禾等在门外。沉禾说，这个智二先生曾是少爷和小姐的教书先生，后来留在了蓝家做账房，然后做了管家。到底是个教书的，喜欢穷酸，不喜欢别人叫他智管家，要叫智二先生，整天把仁义道德像烟袋一样挂在嘴上。人还不错，就是有点老了，头脑有时不太够用。沉禾让我留意一下，智二先生要是有什么动静就早早地告诉他。

智二先生出来了，不停地掸着洗得发白的长衫，嘴里说着："这些无法无天的猫，早晚把我吓死掉。"看了看沉禾，又说，"你们还没走？好，你说。说到哪儿了？

对，米库的事，沉禾你说。"

沉禾对我说："木头，你先回去，过两天我再过来
看你。听智先生的话，千万不要给我闯祸。"

4

蓝家没有我当初想象的那样大。刚进蓝家，弯弯绕
绕把我都快搞晕了，我从没见过有这么多条路和花园、
石头、水塘的院子，心想传说中的皇宫也不过如此。一
段时间以后，才发现满不是这么回事，它就那么大了，
两袋烟的工夫就能把所有的路都走一遍。院子里的人也
就那么几个，能见着面的，三太太是最大的主人，然后
是管家智二先生，其余的就全是下人了。二十多个人。
慢慢地就熟了。他们都认识我，知道我就是那个为争一
个妓女被捅死的大水的弟弟，现在托付给沉禾了。他们
总把我当成小孩来对待，认为我很不幸，从家里被迫逃

出来，千里迢迢地跟着堂兄生活，现在连唯一的亲人都没有了。唉，这么小的年纪。幸亏沉禾仁义，主动收留我，尽心尽力地关照，还三天两头跑过来看我。

见了面他们就会问我："沉禾又给你带什么好吃的了？"

原来是老鼠肉，现在老鼠肉也不带了，因为我已经答应红歌以后不再吃了。沉禾说，不吃也好，省得三太太也跟着恶心。现在他带什么给我吃呢？什么都没有。偶尔三太太会让红歌送给我一包小点心，说是沉禾送来的。谁知道呢。所以我回答他们说："都吃完了。"

沉禾又来了，带了一包包装得十分精致的东西。他来蓝家的次数越来越多了，那是因为他现在的空闲时间越来越多了。上次和智二先生谈过之后，米库里又添了一个人，名叫金虎子的年轻人。金虎子小时候从树上掉下来把腿摔断了，留下的病根，现在走路还扭麻花，不过干活还是不耽误的。金虎子对沉禾把他介绍进蓝家米库很感激，整天待在米库里看门，沉禾就有充裕的时间往三太太的院子里跑了。当然，进蓝家的大红门时，他总是对看门的李老头说，他是来看弟弟的。

那包东西不是带给我的，而是直接往前走，来到三太太跟前。红歌正在为三太太卷一支薄荷烟，见到沉禾就放下了卷了一半的纸烟来到我的门前，示意我把院门关上。关好门转过身，我正好看见沉禾的手爬上了三太太的胸部。红歌也看见了，她的脸一下子红了，扭头进了我的小屋。

"让你做的事你做好了没有？"我进了屋红歌就问。

我不知道她在说什么，"什么事？"

红歌的脸更红了，她愤愤地说："就是，那些老鼠肉！"

"我早就不吃了。你让我不吃我就不吃了。"

"不理你了，"她站起来，"这么小就知道跟我贫嘴！我回去了！"

她回自己的房间里去了。真是莫名其妙。我躺到床上，不知怎么的就想起在石码头的时候，爬到树上偷看叔叔和花椒在床上的事，身上一阵燥热。我知道沉禾和三太太此刻一定也在那张雕花大床上滚来滚去，那张床可真大，人横过来睡都绰绰有余。我又想起在米库里看到的情景，他们俩赤裸的身体上沾满了紫米。脑袋里的这些画面让我兴奋又恐惧，我对着大腿狠狠地掐了一把，疼得我差点叫出来，然后扯起被子蒙住头。我可以睡上一觉，这种时候三太太是不会叫我的。

竟然就睡着了。直到沉禾把我叫醒，他把那包东西又拎出来了。

"起来，跟我到智二家去。"

智二先生住的地方实在不大，他的书房和我的小屋差不多大，摆满了古书。屋子里有股呛人的霉味，我凑上去闻闻，是那些泛黄的线装书散发出来的。智二先生正躺在一张破藤椅里看一本线装书，听到沉禾的声音，他把眼镜拿得远离眼睛，翻着白眼看我们。

"沉禾，哦，还有木头，坐，坐。"他招呼着，手在身边探寻半天，才发现没凳子可坐。"你看我都老糊涂了，走，到客厅里去谈。"

他的客厅也不大，冲门挂着一张孔子像，案几上摆一个铜香炉，三炷香烟雾缭绕，味道比书房里好闻多了。刚坐下，一个细脚伶仃的老太太就端着茶水进来了。

沉禾拉着我站起来，说："伯母好，很久没来看您老人家了。"

"呀，是沉禾，是很久没来了。伯母可要怪你了。"老太太笑着，要倒茶水。

沉禾抢过来了，"伯母您歇着，我这不是来了么。娘在世的时候就嘱咐我，要像对她老人家一样孝敬您。沉禾无能，都不敢来看您了。"

"哪里话，哪里话！"老太太都开始擦眼了。"你娘托我担着点儿心，你看我都快成废物了，也帮不上个忙。这是？就是你刚收的干弟弟？"

"是，是。木头，快叫伯母。"

"伯母。"

"这孩子长得可真实在，先坐下，伯母拿糖糕给你吃。"

我吃糖糕的时候，沉禾和智二先生谈起了米库的事。我第一次从他们的谈话里听到了这么一件事：打起来了。

沉禾说："智先生，真的打起来了。黄老大他们带来消息，北边已经开战了。"

智二先生说："北边是哪边？我们蓝塘从来都是平和安宁之地，什么时候有过战争？让他们去打吧，一群不懂仁义道德和休养生息的蛮夫。"

"他们说，战事在向南蔓延，时间不长了。"

智二先生干枯地笑了两声，"水会灭火的。我早就看透了，乱世不乱，人心思安哪。"

"可是？"

"可是什么？"

"万一民心有变——我是说，是不是及早准备，把米库移到镇上来？那地方毕竟是野外。"

"沉禾你多虑了。我也曾考虑过，但是我们的紫米主要是通过水道运出去的。老爷就说过，水路通四方，才能财源滚滚。再者，多少年了，米库都在那儿，从来没出过事。我同意增加金虎子，已经是以防万一了。活了这把年纪了，咱们蓝塘人我还是信得过的。"

"智先生，有备无患啊。"

"你就别操这个心了，重建米库可不是一句话这么轻松。这辈子我算看出来了，有句话什么时候都没错，就是多一事不如少一事。"

那天大概就说了这件事。沉禾想重建米库，智二先生没有同意。我的糖糕吃光了，他们也谈完了。回去的路上，我听到沉禾气愤地说，糟老头子，就知道摆弄几本破书，早晚有你好看的。

沉禾说，要打起来了。没有人相信，阳光那么好，落在身上绵软得想睡觉，多好的日子，谁会没事找事去打仗？也就那些北方人日子不好过才天天想着要折腾。蓝塘一片大好，蓝家一派祥和，美丽的银杏叶子落了一地。智二先生对负责打扫庭院的下人吩咐过了，如果不下雨，落下的银杏叶子就每三天扫一次。落叶会使蓝家大院更加漂亮，你看那一地灿烂的黄，像踩着黄金走路。

可是不久还是出事了。那会儿是夜里，我被一阵紧急的敲门声惊醒了，有人在叫三太太的院门。开门关门是我的任务，我披着衣服跑到门前，问外面是谁在敲门。

"小木头，你睡死啦！"是管家智二先生，声音都变形了。"快开门，叫三太太！"

我打开门，三太太的房间里已经亮起了灯。三太太隔着窗户问我："木头，是谁在叫门？"

"三太太是我，智二。"

"是智先生呀，半夜三更的什么事？"

"三太太，米库被抢了！"

三太太惊叫一声，很快就衣衫凌乱地出来了。"怎么回事，你说？"

"三太太，米库被抢了。老爷不出来，这家就靠您做主了。"

"沉禾呢？人都怎么样？"

"都还活着。"

"伤了没有？"

"金虎子还好，沉禾腿上挨了一刀。"

红歌也收拾停当出来了，又给三太太拿了一件大衣，我们跟随智二先生一起去米库。院门前已经有两个人了，出了蓝家大院他们就点起了火把。夜太黑了，点了火把走路也不实在，三太太走得磕磕绊绊，我和红歌一边一个搀着她。我们走了不远就追到了金虎子，他把抢劫的事报告给智二先生后，又匆忙赶回米库，但他走得实在是太慢了，在黑夜里看他的背影像两个喝醉了的人在一起走路。

金虎子被吓坏了，直到现在舌头还没有理顺当，磕磕巴巴地把事情简要地向三太太说了一下。半夜里他和沉禾睡得正香，突然有人敲门，说米船回来了，快开门。他的床靠门更近，听说米船回来了，就对沉禾重复了一句，沉禾睡得很沉，嘴里还在含混地说着梦话。他就摸黑起来，找到油灯点上，门刚打开，就从门外冲进来五六个脸上蒙着黑布的汉子，他吓得大喊沉禾，不自主地往后退，走在最前面的那个人突然冲上来，对着他头上就是一下，他还没来得及想那个人砸过来的是铁棍还是木棍，就什么都不知道了。醒来后就看到沉禾被捆在床上，嘴里塞着半件撕坏了的衣服，腿上刀口的血已经凝结了。金虎子说着，把头送到三太太和智二先生跟前，在火把底下，他头上鼓起的那个大包看得很清楚。

"沉禾腿上的伤，严重吗？"三太太终于忍不住问了金虎子一句。

"还好，血流得不是很多。"金虎子说。

到了米库，东半天已经开始发亮，蓝塘镇的公鸡叫成一片。我看到大耗子躺在门前，舌头伸得老长，我碰了碰它，大耗子已经变得硬邦邦的了。我的眼泪流了下来，大耗子被那些坏人勒死了。红歌对我说，别看了，用她的袖子给我擦了眼泪。

金虎子说："我应该想清楚再去开门的。当时太懵懂了，我应该想一下有人敲门为什么大耗子不叫。都怪我，都怪我！"金虎子一个劲儿地捶着自己的脑袋。

智二先生挡住他的手，说："不是你的错。"

沉禾正在油灯底下扫米。那群强盗没有爬到米仓里去装米，也没有打开平时我们装米时用的阀门，而是拦腰在米仓中央现挖了一个三角形的洞，这样只要撑开口袋在洞口接住就可以了。米仓里的紫米源源不断地流下来，他们一袋一袋轻而易举地接走了。地上撒得到处都是。沉禾说，他刚刚沿着地上的米粒查看了一遍，零落的紫米顺着米库走出了门，一直走到了河边的小码头上。那群强盗一定是从水路上来的，又从水路上运走了我们的紫米。天亮以后，我和红歌沿着地上的米粒向前走，果然一路走到了水边，一条米路就断了。多少紫红的米啊，散落在泥土和枯黄的野草里。落得无声而又惊心。

三太太和智二先生让沉禾不要扫了，已经这样了，慢慢收拾吧。沉禾一屁股坐到地上，放声大哭，说："米库被抢，是我的失职，我对不起老爷和三太太，对不起智先生！沉禾对不起蓝家啊！"

智二先生把沉禾从地上拉起来，让他坐好，摇着头说："怨不得你啊，都是我的错，老爷托付的事没有做好。老了，真是不中用了！"

三太太什么话也没说，蹲下来用手碰了碰沉禾腿上的伤口，轻声地说："疼吗？"

沉禾立刻站起来，"谢三太太关心，我没什么事，就是米库毁了，沉禾没脸见三太太和老爷。"

三太太很不自然地站起来，后退两步说："木头，给你沉禾哥哥擦洗一下伤口。"

红歌端来了一盆调好了的温水，我用毛巾给沉禾擦洗伤口。刀口不大，刺得也不深，看来是把小刀。沉禾嘴里哟哟啦啦地抽冷气，一边向三太太和智二先生报告他所知道的情况。

"那伙人总有六七个吧，个个长得五大三粗，看不清面目，"沉禾说，接连打了几个喷嚏。"他们把虎子打昏了就直奔我来，我从床上跳起来，身上只穿着睡衣。虎子看到的，他把我解开时我还穿着睡衣，被捆着一动也动不了，只能靠哆嗦来取暖。"

智二先生在混乱的米库里走来走去，从地上捡起一根绳子看了看，说："那些人你们认不认识？"

"不认识。"沉禾说。

"我也不认识，从来没见过。"金虎子连连摇头。

"就是那根绳子，"沉禾指着智二先生手里的绳子说。"我跟他们打起来了，可是他们人太多，我只踢倒了几个就被他们抱住了，一个家伙对我腿上刺了一刀，然后他们就把我捆起来了。撕了我的衣服塞住了我的嘴，就用那根绳子把我捆在了床上。然后他们开始抢米。"

智二先生说："你们还记得那几个人的长相吗？"

"看不清，他们都蒙着脸。"

"有一个好像，"金虎子期期艾艾地说，"腿有点瘸。左腿，对，就是左腿，跟我一样。冲向我的时候我看到的。"金虎子说得很难为情，他像在乎自己的左腿一样在乎别人的左腿。

"有一个瘸子么?"沉禾说,"我只顾着打架了,没仔细看。他们哪一个打起来都和好人一样。我听一个说,马上就打起来了,谁干不是一样。不知是什么意思。"

智二先生若有所思地捏着胡子,仍然不停地走来走去,然后停下来对金虎子和拿火把的两个人说:"你们先把这里收拾一下。"又对沉禾说,"沉禾,你先去院里养伤,伤养好了再说。"想了想又对在场的所有人说,"还有,这事在查明真相之前,谁也不能走漏了风声。"

我和红歌去门外看大耗子。天已经大亮了,清早的野外一片清明,空气里有枯草和露水的甜味,芦苇在摆动。没有船,河面静悄悄的。可怜的大耗子身上落满了露水,它没法再咬了,一声不吭地死在了夜里。我把它的舌头塞进了它的嘴里,我希望它死得更好看一点。

智二先生跟着地上的米粒向前走,嘴里嘀咕着:"真的打起来了？"

真的打起来了。

千真万确。消息是少爷和小姐从大城市里带回来的。少爷和小姐在城里念书，放了假轻易也是不回家的，现在离假期还早，就坐了车大包小包地回到了蓝塘，他们说，那边也马上就要开打。如果说这还不足以说明问题的严重性，那我们可以看一看和少爷、小姐一起来到蓝塘的朋友熊步云。熊步云是一个当兵的，二十多岁，身材高大，据说他爹是一百五十里外的高元城守军司令。他是少爷的同学，通过少爷的关系又认识了小姐。因为要打仗，他也从学校回到高元城，一转身换了一套军装，成了他爹的副官。就是他开车把少爷和小姐送回家的。你想想，不打仗他为什么要换上军装？

这当然是我后来逐渐才知道的。少爷和小姐回到家的那天，时间已经很晚了，我按照三太太的吩咐去锁院

门，听到有马达的声音扑通通地穿过院子，我伸出头去
看，什么都没看到，正想关门，长着两条长胳膊的胡螳
螂从门前跑过。我问他黑灯瞎火的跑什么？他气喘吁吁
地说，少爷和小姐回来了，他看看去。还问我去不去。
我刚要回答，红歌站在三太太的门口叫住了我，问我在
和谁说话，我说是剪树枝的胡螳螂，然后关上了门。

"你们说什么？"我干什么她都要问。

"胡螳螂说，少爷和小姐回来了。"

"少爷和小姐？"红歌说，转身掀开了三太太的门
帘，对着里面说，"三太太，少爷和小姐回来了。"

我听到三太太说："管那么多事干什么？锁上门
睡觉。"

第二天早饭后，三太太让我和红歌到集市上给她买
丝线，她要接着把一个鸳鸯枕套绣完。现在，三太太要
把一天里的一大半时间用来刺绣，除此之外她实在找不
到其他的事好干。三太太绣得很认真，脸上一直挂着

笑，两个酒窝忽隐忽现。

去集市的路上，红歌悄悄地对我说："三太太都嫁到蓝家十一年了，哪像呀？笑得跟个姑娘似的。"

"三太太想笑就让她笑呗。"

"呆木头！"红歌终于也说出了茴香的叫法。"你都蠢到家了，不理你了！"

买完了丝线回来，快走到蓝家大院时，我看到了一件好玩的事。一个大男人被一条狗吓得直往后退，不敢跑，也没法把它赶走。我笑出了声，因为那个男的穿得整齐鲜亮，头发和皮鞋一样发光，脖子上还系着一根花带子。

"还笑，赶快去把狗撵开！"红歌碰了我一下胳膊肘。

我跑上去，站在了那人和狗中间，只做做样子蹲了几次，装着捡石头的样子，那条狗就哼唧了一声，夹起尾巴跑掉了。对付狗我有经验，只要你不怕它，它就怕你。

那男的从口袋里掏出一块手帕，在额头上点来点去，我闻到一股清凉的香味。擦完汗，他说："谢谢你了小朋友，太谢谢了。"

红歌从后面跑过来，说："少爷，您回来了。"

那人腰杆一下子挺直了，抖了抖手帕说："是红歌呀，三太太呢？我正想过去拜见三太太呢。"

红歌又捣捣我的胳膊肘，我说："少爷好。"

红歌说："少爷，这是伺候三太太的木头。三太太这两天不舒服，还不知道少爷您回来了呢。小姐也回来了吗？"

少爷笑了笑，声音和说话一样有点轻，有点尖。"小姐也回来了，正陪客人聊天。"

我们跟在少爷后头进了蓝家。少爷有一句没一句地和红歌说话，问三太太生活如何，心情怎么样，还有红歌和我在蓝家过得是否习惯这些事。正说着，从假山后面走出两个人来，一路说说笑笑，男的穿军装，方方正正的像胡螳螂修剪好的一棵树，笑起来声音浑厚洪亮，眉毛也是当兵的样子，又浓又黑，斜斜地插上额头。女的穿一条香色棉裙子，手遮住嘴巴在笑，眉眼生动，长得比三太太和红歌都要好看。

红歌说："小姐回来啦？"

小姐说："昨天晚上刚回来，代我向三太太问好，我就过去。"然后对少爷说："哥，你到哪儿去了？熊先生说话真有意思。"

少爷说："别提了，吓死我了。刚才在门外，有条花狗一直跟着我，我都不知道该怎么办了。哎呀，真是吓死我了。"

穿军装的熊先生走过来，一只手搭在少爷的肩膀上，说："现在不是没事了？一条狗而已。"

少爷说："要是步云兄在就好了。"

熊步云爽朗地笑起来。他那身军装真好看，我还想再看看，红歌不让，向少爷小姐他们告了别，就拽着我的衣袖走了。

5

战争离蓝塘越来越近了，少爷的朋友熊步云每次来到蓝家都要带来战争的消息。今天打到哪儿了，明天打到哪儿了，昨天死了多少人，今天又死了多少人。尽管蓝塘现在还没有听到枪炮声和杀人的喊声，但是每天都有人像麦子一样被大把大把地割掉，我们实在不能再听而不闻了。人一死，问题就大了。我是蓝塘仅有的几个能够了解到战争快讯的人之一。熊步云来蓝家的次数越来越多，三天两头地来，有时候一住就是好几天。他一来，就把打仗的最新消息告诉少爷和小姐，然后小姐就到三太太的院子里来聊天，我和红歌在一边伺候着，就什么都听到了。即使当场听不到，我也会猜到，小姐一

热心待人冷眼看世界 ／ 2006年 ／ 126cm×350cm

金山 / 2010年 / 174 cm × 888 cm

说起死了多少人，就会惊叫着报出那个可怕的数字，我在自己的小屋里也听得到。小姐像一个小姑娘那样对杀人保持一贯的大惊小怪。三太太照例要安慰她几句，然后两个人才开始别的话题。

小姐和三太太看起来很亲，这让红歌也有点纳闷。在红歌看来，女儿和后娘关系是没法好起来的，就像她和她的后娘。她说这辈子她都不想见到她的后娘，倒是常常想起她的弟弟，她离开家时他才七岁，整天只知道翻来覆去地唱那几首儿歌。不过小姐和三太太也许不一样，小姐说了，二太太躺在病床上对她说，现在老爷整天跟猫在一起，什么事都不问，她又有病，蓝家就靠三姨娘一个人撑着了，凡事都要向三姨娘请教，请三姨娘做主。小姐每次过来，三太太都拿出最好的瓜子、核桃和蜜饯什么的招待她，一边吃一边聊天。

她们轻轻淡淡的什么都说，胭脂，布料，旗袍，夜里做的一个似有若无的梦，午饭时的芹菜炒肉丝，等等。当然还有紫米熨。这是因为小姐总是说及熊步云才扯起的话题。

小姐说:"熊先生很喜欢我们蓝塘的紫米熨。"

三太太纠正说:"不是我们蓝塘,而是我们蓝家。蓝塘除了蓝家,谁家能拿出真正的紫米熨?"

小姐说:"那倒是。听说紫米熨里面有六十八种药材,真够麻烦的。"

三太太说:"熊先生贵客嘛,其他人谁有资格享受这种待遇?"

小姐羞涩地笑了,说:"我跟智先生说过好几次了,步云是常客,没必要每次都来一个紫米熨,智先生就是不听,还说贵客就是贵客,这是蓝家的规矩。"

三太太在午后温暖的阳光里浅浅地笑了。午后的阳光让人慵懒瞌睡,让人跟着那些不着边际的话浮起来,一直悠悠荡荡地飘。三太太对着我和红歌摆摆手,让我们先去歇着。这是三太太的习惯,一有重大的事要说,就让我们回去先歇着，无话可说的时候，也会让我们回去歇着。不知道这一次是有事还是没事。

她们说到了什么紫米熨，这个东西我头一次听说。离开三太太的房间，我问红歌，什么是紫米熨。红歌说："笨死啦，来蓝家这么长时间，连紫米熨都没听说过！"

"我怎么知道，又没熨过。"

"美死你！我们这辈子恐怕都没机会试一试真正的紫米熨了。你没听小姐说么，要六十八种药材。六十八种！"

红歌十个手指头全用上了，一起摇摇晃晃。"叫我一声红歌，我就告诉你。"

"红歌——姐。"

"我有这么老么？叫红歌！"

"红歌，姐。"

"胆小鬼，不理你了！"红歌红了脸，摆弄着手指头说。"胆子这么小，紫米端上来你也不敢熨！"

　　说归说，红歌还是告诉了我紫米熨是个什么东西。她说这是蓝塘的风俗，一有贵客临门，主人一般都会蒸一锅紫米给客人熨脚。紫米的优劣倒还在其次，讲究的在于紫米如何蒸。一般人家的紫米熨只是像做米饭一样蒸熟就完事了，真正的紫米熨要复杂得多。米当然要选上等的好米，更重要的是，在蒸米的时候要放入六十八种药材的药汤。这些药材有滋阴壮阳、调理经脉、除寒祛病、慰安神经等多种功效。先煮出这些药材的汤药，然后经过纱网过滤，再用过滤过的药水蒸熟淘干净了的紫米。蒸熟的紫米米香浓郁，药香蓬勃，粒粒饱满晶莹，米粒既独立又团结，相互间不即不离，盛放进一个特制柳条盘里，如同一盘光泽鲜亮的紫玛瑙。盘子用去了皮的白柳条编制而成，大小形状形同人的两只脚，盘底有坚固的支架。客人穿上准备好的丝绸袜子，双脚放在紫米上熨。此时的紫米温度正好，蒸汽腾腾，双脚放在上面立刻会感到通体舒泰，温暖异常，有如登仙。

红歌描述得美不胜收，听得我口水直流。我觉得这么精致地蒸出来的紫米，吃起来味道一定更好。所以后来沉禾问我还想吃什么时，我脱口而出，紫米熨。我的确想吃紫米熨，熨不熨脚就无所谓了。

那时候蓝家的下人已经在私下里称沉禾是二管家了。那是别人说的，我们不能说，三太太和沉禾都不许我们这么说。我们，我和红歌，当然还有三太太和沉禾自己。那些人为什么这样称呼，我也不明白。我只知道在和那些下人一起吃饭时，他们都这么说。他们说，木头啊，这下你的日子好过了，不要再和我们一起吃饭了，你干哥哥沉禾现在已经是二管家了，以后每天都会吃得和老爷太太少爷小姐们一样好。

我说："你们瞎说，沉禾还是沉禾，不是什么二管家。"

胡螳螂说："你才瞎说。不是二管家他为什么不回米库里看门？"

"智先生让他在院里养伤的。"

"骗谁呢，"专门在后院种菜的戴老锄头说。"他的腿现在好得很，走起路来比我们跑得还快。"

"智先生让他监督建新米库才留在院里的。"

戴老锄头说："为什么让他监督建新米库？还让他管那么多的事，前两天他见到我还说，智先生让他问一下，是不是该起白菜了。往年这都是智先生亲自问的。"

我说不过他们，赶紧吃了几口饭回到三太太的院里。我跟三太太说，他们都是这么说的，害得我饭只吃了一半。三太太板着脸说，那是人家说的，你不能说。正教训着我，沉禾拎着一包胡顺子卤菜店的酱鸭脖子进来了。

三太太娇媚地说："又给你弟弟送吃的来了？"

沉禾说："当然了。不过三太太要是喜欢，就先孝敬三太太了。"

红歌碰了我一下，示意我们离开。三太太却说："木头别走，你不是没吃饱吗？有人送鸭脖子来了。"然后把我说的话原封不动地转述给了沉禾。

沉禾躺在三太太的躺椅里摸着脑袋，说："三太太说得对，别人能说，你们不能说，记清楚了没有？"

我和红歌说记清楚了。三太太就让我和红歌吃酱鸭脖子。味道的确不错，吃得我更饿了。我们不敢吃得太多，意思一下就算了，可我的确是饿，只好对着剩下的鸭脖子吮手指，咽口水。

沉禾问我吃饱了没有，我没说话。他拍了一下大腿说："全吃了，下次我单独孝敬三太太。二管家了，呵呵，怎么能连弟弟的肚子都填不饱呢！吃！木头，说，你还想吃什么？"

我抓起一根鸭脖子说："鸭脖子。还有紫米熨。"

真是饿疯了。他们都笑起来，紫米熨是熨脚的，哪是吃的？笑完了，沉禾突然站起来，抓着脑袋说："是啊，他妈的，是该尝尝正儿八经的紫米熨了。"

过了一段时间，我果然就见到了蓝家正宗的紫米熨。是沉禾差人叫我过去的。到了他在蓝家大院的住处，小客厅里坐着三个人，智二先生、沉禾和一个陌生的人。

我向他们问过好，智二先生指着我对陌生人说："这是沉禾的弟弟。沉禾收留了遇难朋友的弟弟，像亲弟弟一样照顾。仁义之人，这也是我看重他的地方，所以才放心让他和你谈这笔紫米的生意。如果有什么问题，请吕先生直接和沉禾联系。我老了，有些事该让年轻人来做了。希望我们的生意比过去做得更好。"

吕先生抱抱拳说："那是自然。"

正说着，下人送来了四个竹笼，一打开热气腾腾，对着智二先生和沉禾说："紫米熨准备好了。"

沉禾示意他们放好，就让他们退下了，他对智二先生说:"智先生,我冒昧订了四盘紫米熨,想给我弟弟也亲身感受一下。大水在世时,就对紫米熨十分想望,我想趁这个机会让木头替大水了却这个心愿。一来告慰大水在天之灵,二来也显出我们蓝家绝不会亏待下人。冒昧之处,还请智先生见谅。"

智二先生说:"应该的,应该的。看来我真的可以省不少心了,沉禾考虑问题比过去是长进多了。"

吕先生也抱着拳头说:"以沉禾先生的为人,这生意我是做定了。"

他们在客厅里一边谈生意一边紫米熨,我把柳条盘端进里屋了。不当着他们的面熨脚的原因是,我想先尝一尝紫米熨的味道。这东西果然如红歌所说,如同珍珠玛瑙,又像盘踞一堆的小紫葡萄,光泽诱人,发出浓郁的药香和米香。我套上特制的丝绸袜子,脚放上去之前先用手抓了一大块,我要边吃边熨。没有看起来那么好吃,药香到了嘴里苦不堪言,香醇的紫米味完全被药味淹没，吃了一口我就吐了出来，只好安心地把脚放上去了。

舒服。真舒服。丝丝缕缕的热气和米香、药香从脚板渗入，先是热，后是痒，接着是暖，从脚开始，像进入热水澡堂，热水缓缓地漫上去，一路打通障碍，直到一种安详的暖覆盖了头顶。人似乎跟着那暖飘起来，惬意，心旷神怡，耳目和心智却愈发清明。我闭上眼，看到了秋高气爽，看到了万里无云，看到了无数祥和的神鸟飞起来。

我在里屋翻来覆去地熨，外面的米冷了我就从里面把热米翻出来，一直熨到里面的米也冷了，脚插进去也感觉不到温度才罢休。我拖拖拉拉地从里屋出来时，吕先生已经走了，智二先生和沉禾早已鞋袜整齐，紫米熨放在了一边。他们在喝茶聊天。智二先生真是老眼昏花，扶着眼镜去找茶杯盖，摸了半天才在茶几的拐角处找到。他笑了笑他的眼镜和茶杯盖，继续说起来。他们说的是蓝家的事。

"新米库的事就这样了，你经常去看看，进度要快，"智二先生说。"还有一件事你要多关心，就是熊步云熊先生。"

"他有什么事？"沉禾把身子向前探了探。

"你不觉得他经常来蓝家是别有所图吗？"

"我不太明白。他不是少爷的同学么？"

"你是年轻人，应该比我这个老朽明白，"智二先生呵呵地笑了两声。"熊先生可能喜欢上我们家小姐了。"

"您的意思是，阻止他们来往？"

"不！恰恰相反，应该尽快更好地促成他们。我了解过了，熊先生各方面都很不错，小姐对他好像也很满意。更重要的是，可能真如传闻所说，打起来了，那么我们就应该考虑整个蓝塘的安危。熊先生的父亲是高元城的守军司令。你明白我的意思。"

沉禾的身子缓缓地收回来，谨慎地靠在了椅背上，笑了笑说："我明白。"

"少爷、小姐小的时候都是你带着玩的，你比较了解，这事你多费费心。"

"好的。"沉禾出了一口长气。

6

院里的人都说，今年有点怪，新年和元宵都出奇的热闹，一个个都像等不到明天了似的，尽着性子玩，尽着性子闹。春节虽然已经过去了，但是那股忘乎所以的欢乐劲儿现在依然感受得到。我是亲眼看到了，不说蓝家院外的那些人家，就是蓝家，也是在年前半个多月就早早地筹备好了过年所需的一切用品。智二先生嘱咐过沉禾了，要把蓝家的春节过得热闹，热闹，再热闹。除夕前五天开始不断地放鞭炮，晚上一挂鞭催眠，清晨一挂鞭报晓，满院子都飘荡着鞭炮的碎纸屑和好闻的硫黄味。院外的蓝塘人也一样，仿佛醒得都比往年早，早早地开始了年关的庆祝。

　　春节的余韵还没有结束，元宵节又到了。应该说新年和元宵节是交叉的，因为从大年初五大街上就已经开始卖花灯了。各式各样的都有，出现了很多蓝塘人从来没见过的新花灯。很多人对这种末世狂欢一般的庆祝表达了自己的看法，我在蓝家大院里听到的就有很多，但说来说去其实只有一个意思，那就是所有人都模模糊糊感觉到了那个叫做战争的黑影，它正在向蓝塘靠近。它的来到只是早晚的问题，因为年前年后，蓝塘突然出现了很多陌生的面孔，衣衫褴褛，推着车子或者赶着毛驴，拖儿带女的一大趟。他们有亲戚的就住到了亲戚家，举目无亲的就在避风的屋檐底下搭了一个帐篷，一家人抱成一团缩进这个瘦弱的新家里。所以蓝塘人大概知道，这一回是逃不掉了，他们中间鼻子好的，甚至已经在风雪里闻到了几百里外飘散来的血腥味和硝烟味。

紫
米

　　元宵节那天晚上，沉禾向院里下人传达了智二先生的决定，除了个别因为特殊任务走不开的，所有人都可以出门去看花灯。这是一个好主意，我和红歌都很高兴，因为三太太也要去。晚饭之后三太太和红歌先出门，然后是我和沉禾，我们假装在院门口相遇，然后结伴去看花灯。出了院门不远是一座古老的石拱桥，过了桥左拐是白门巷，穿过白门巷再右拐，就是蓝塘最繁华的街道紫米街，东西长达五里。漫长的一条街上灯火通明，树上挂的是灯，路边摆的是灯，人们手里提的是灯。无数只灯，无数种灯，小蜡烛在灯里摇摆着大小不一的火焰。和灯一样多的是人，人挤人，灯碰灯，一恍惚还真难分清是人在走还是灯在动。有人在前面嗷嗷地叫，说耍龙灯的就在前面不远，应该没错，我们一家听见了喧嚣的市声之外传来的演奏，有唢呐，锣鼓，笙箫，还有二胡和琴筝。三太太要看龙灯，我们就往前挤，挤得非常艰难，我猜整个蓝塘的人全拥到了这条街上了。挤了半天还是听到有人在嗷嗷地叫，那锣鼓丝竹之声依然遥远，三太太有点烦了，赌气说不看了，干脆慢慢走，买两个灯笼提着，走到哪看到哪，走到哪算哪。然后她看中了路边一个老头卖的一大堆鸳鸯灯。

"我要这个。"三太太指着一个大红鸳鸯灯笼，对沉禾说。

沉禾问好了价钱，拿起一个，点上蜡烛递给三太太。三太太说："就买一个？"

沉禾说："一个还不够么？"

"你呢？"三太太说话时把脸扭向了一边。

"我不要。哪有大男人提着灯笼的。"

"那我也不要！"三太太显然不高兴了，一把将灯笼塞给了红歌。红歌对我使了个眼色，偷偷地笑起来。

沉禾没办法，只好对卖灯的老头说："再给我一个这样的。"然后问我和红歌，"你们要什么灯？"

红歌说："我不要。"

我却说："什么灯都行，只要好看。"

"大的小的？"

"小的。"我想说大的，但是临出口还是改成小的了。

"小的鸳鸯灯，"三太太突然又高兴了。"他们两个，一人一个。"

红歌嘟着嘴说："太太，我不要，我不要的！"

三太太笑起来，说："死丫头，还瞒得了我？就小鸳鸯灯，一人一个！"

我们四个人每人提着一个灯笼，小心翼翼地向前走。前面叫喊的声音越来越大，鼓乐声也越来越清晰，人们几乎都是往耍龙灯的地方去。我和沉禾走在前面，不住地吆喝，让周围的人小心，别碰坏了灯笼。走了好一阵子，突然沉禾把灯笼塞到我手里，步子慢了下来，两只手伸到后背上去挠痒痒。三太太和红歌一边大声地说笑着，继续往前走，没在意我们已经落在了她们后面。

"帮我拿着，"沉禾说。"你先走，我马上就跟来。"

我继续向前走，走了几步回过头，看到沉禾已经走到路边的一个花灯摊子前，弯着腰在拿着一个小灯笼看。我站在原地等他，然后就看到了从相反方向走过来的三个人，少爷、小姐和熊步云。熊步云走在中间，不时向两边转脸和少爷与小姐说笑，他们三个人看起来都很高兴，笑容不断。少爷的手挽住熊步云的一条胳膊，所以熊步云说话的时候只能用另一只手打手势。他们走过去了，被行人和花灯淹没。

这时候沉禾放下手里的花灯，紧走几步跟上来，他对我说："刚刚看到一个花灯不错，细看一下才发现不好，就算了。"

我把大红鸳鸯灯笼给他，他让我先提着，过会儿再说。在追上三太太和红歌之前，沉禾回了三次头，每一次都满脸疑惑地转过脸，好像这一路他丢了不少东西。

　　真可惜，那天晚上的耍龙灯没能看到。我们快要到达地点时，突然前面一阵骚乱，人们啊啊啊地喊叫起来，大呼起火了起火了。果然，远处飘起了烟雾和火苗，在清冷的夜空里异常醒目。更要命的是，火苗一直在往我们这边跑，一路跑过来，看起来更像是追着前边涌过来的看灯人。有个人大叫，说是灯笼烧着了。我仔细看一下，果然是灯笼烧着了，一个灯笼着了火，殃及了第二个，然后是第三个，第四个，树上挂的，地上摆的，手里提的，到处都是一点就着的灯笼，整条街很快就如同一条奔游的火龙。火光映红了半个蓝塘。

　　沉禾说："跑，快跑！"

　　我们转身跑起来。三太太边跑边说，别跑散了，别跑散了。大家都在相互提醒对方不要跑散了，但最后还是跑散了。当我们气喘吁吁地跑到白门巷口时，发现沉禾跑丢了。三太太问我和红歌沉禾到哪里去了，我们俩你看看我，我看看你，谁都不知道沉禾到哪里去了。三太太大为光火，让我们回去找。天都很晚了，巷子里起了冷风，三太太跟着我们一起重新转回了紫米街。此时的紫米街火势正在西去，同时在不断减弱，所过之处留下一地的灰烬，有的地方因为蜡烛还没燃尽，依然在黯然地烧着。夜风裹着灰烬打着旋在走，像一个人独自走在空荡荡的街道上。仅有的几个人在收拾着还没烧尽的花灯，前前后后去找自己的影子。谁能想到，刚才还热闹繁华的灯市转眼就像野地一样的萧条。那些踩了多年的青石板发出了幽亮的寒光，我抱紧了胳膊，真是冷。

三太太对着空寂的街道流出了眼泪，"沉禾呢？沉禾到哪里去了？"

谁知道他跑到哪里去了？我和红歌搀着三太太，慢腾腾地向蓝家大院走去。出了白门巷，红歌忽然指着前面说："太太您看，他在那里！"

沉禾此刻正走在石拱桥上，身边走着一个女孩，是蓝家的小姐。沉禾在和小姐说笑，能看到他的两手在不

停地比划。我刚要喊沉禾，三太太制止了。三太太在风
里止不住地哆嗦起来，三太太说："让他去！"

　　第二天黎明，红歌早早地就把我叫醒，说三太太找
我。我赶紧起床来到三太太的房间。三太太斜卧在躺椅
里，盖着一件毛毯，神情有些疲惫，出现了两个黑眼
圈。跟我说话的时候精神立刻抖擞起来，她从椅子上站
起来，毛毯滑到了地上。

　　"你，"三太太说，"去给我买两个鸳鸯花灯，就昨
天晚上那样的，现在就去！"

　　三太太让我买花灯？我一时没回过神来，元宵节昨
天晚上不是都过完了吗？

　　"还愣着干什么？快去！"

　　我点着头，三太太发火了。她可是很少发火的。我
退出房间，外面风还不小，冷得我直缩脖子。我出了
门，天还没有放开，一片幽蓝。我慢慢腾腾地走，我知

道走得再快也无济于事，大街上现在不会有人卖东西的，何况还是花灯。元宵节都过了，谁还会出来卖花灯呢。我走了不远，突然想起身上一分钱都没带，于是转身往回走。刚走几步，看到红歌拎着件衣服跑过来，呼出满嘴的白气。

"你带了钱没有？我怕你忘了带钱，"红歌说，从口袋里掏出了一些钱塞给我，然后把手里的衣服给我披上。"冷不冷？"

"现在不冷了，"我说。"你冷不冷？"

红歌一甩手，"不理你了，话都不会说。先找个地方喝点热汤，暖暖身子再去买。早去早回啊。"

我答应着，继续走。出了蓝家大院，过了石拱桥和白门巷，到紫米大街时天才真正亮起来。昨天晚上留下的灰烬不见了，紫米街像过去的每一天一样，天一亮就干干净净的，潮湿的青石板升起丝丝缕缕的水汽。早起的卖菜摊子摆出来了，卖豆浆、豆腐脑、油条、烧饼的早点摊子也热气腾腾地上来了，对着零星过往的客人吆喝自己的买卖。我捏着口袋里的钱，可能是红歌自己的钱，三太太一气把什么都忘了。我沿着街边向前走，寻找卖花灯的摊子。一路走过去，一个也没见到。不断有新的摊子出现在路边，卖布匹的，卖棉花的，卖锅碗瓢盆的，什么都有的买，就是没有花灯。我开始小跑，一口气把这条街跑到头了，又跑回来，还是没见到花灯的影子。东半天开始发红，太阳快要出来了。我又累又饿，站在一个早点摊子前走不动了。

"要吃早饭吗？热腾腾香喷喷的豆浆豆腐脑烧饼油条紫米粥，一大早的又冷又饿，来一份吧！"

我禁不起诱惑，坐到了老板的黑皮长条凳上。

"要点什么？"

我掏出钱看了看，说："我只要一个烧饼。"

"只要干的？不来点热豆浆？"

"我怕钱不够，我还要买花灯。"

"你这孩子，"正拿烧饼的老板娘对着其他顾客笑起来，"元宵节都过了，你买花灯干什么？"

"我要买。"

"要买这条街上也买不到，要到店里去买。"老板娘问了问周围几个人，然后对我说，"对，就到万柳巷去买，那里两边都是店铺，兴许还能买到。"

老板娘又白送了我一碗热豆浆。按照他们的指点，我转了几圈终于找到了万柳巷，那些店铺次第打开，排木板门晾在太阳底下。还有几家花灯店里剩有花灯，但是没有鸳鸯花灯；有鸳鸯花灯的，又只剩下了小的花灯。一路问过去，总算在巷子头上的一家铺子里买到了两个大红鸳鸯花灯。买完了，口袋里还剩下一半的钱，早知道就多吃一碗豆腐脑了，外加两根香喷喷的油条。但是现在时间不早了，我得赶回去交差。

三太太的气依然没有消。照三太太的吩咐，我和红歌把两个灯笼挂到了她的卧室。我问她要不要把蜡烛点上，三太太说不点，要等沉禾回来再点。接着把布幔拉上，遮住了灯笼。

那两个灯笼在布幔里等了五天才把沉禾等来。相隔五天才到三太太的院里，自从沉禾在蓝家大院养好伤后，还是个先例。这五天三太太的眼圈越来越黑，整天盖着毛毯躺在藤椅里，连最喜欢的太阳也不晒了。吃得也少，红歌对厨房里说，三太太身体不舒服，让他们熬了一点参汤送过来，三太太心情好了还能喝上几口，精神不好连看都不看，都撤下来，分给我和红歌喝了。眼看着三太太这么衰弱下去，我和红歌都很心疼，可是没有办法。有一次红歌小声让我去把沉禾找来，被三太太听见了，三太太突然就发怒了，哗的一声把红木茶几上的瓜子盘拂了下来，她说谁要去找沉禾谁就给我滚，以后再也不许踏进这个院子一步。我和红歌跟着干着急，整天里里外外都战战兢兢的。

五天后沉禾总算来了，拎着比过去多两倍的胡顺子酱鸭脖子。进了门看见三太太闭着眼躺在椅子里，沉禾咳嗽两声说："这几天真把我给忙死了！这帮下人，只知道一天三顿紫米饭，轮到正儿八经的事就他妈的不行了，屁大点事也要我亲自来处理。"说完了他看三太太还是没动静，就伸长脖子凑上去，说，"咦，这是怎么回事？大冷的天在椅子上就睡着了？红歌，木头，你们这是怎么伺候三太太的？"

三太太睁开了眼，满眼的泪，一句话不说。

"你这是怎么了？哪儿不舒服？"沉禾把鸭脖子又拎到手里，准备挑出一个送给三太太。

"你还知道回来？"三太太一字一顿地说。

"当然要回来！"沉禾说，给三太太把毛毯往上拉了拉。"我舍不得不回来啊。这几天我天天想着过来，就是那个倒霉的新米库，折腾得我哪也去不了。怎么啦？又生气了？"

三太太突然伸出胳膊抱住了沉禾，哭声也跟着放大了："你终于回来了！你为什么还要回来？"

沉禾掰着三太太的手说："我当然要回来了。别这样，别这样，红歌和木头都看着哪。"沉禾说着，转过脸对我们撅了一下下巴，"你们先下去。"

"看就看，我不怕，你们就站在这儿，谁也不许出去！我都这样了我还怕什么？你说我都这样了我还怕什么！又不是外人。"

沉禾说："好，好，不怕，不怕好了吧？来，新鲜美味的胡顺子酱鸭脖子，来一个。"

三太太抓着沉禾的胳膊站起来，把鸭脖子推过去，"等会儿再吃。"她让沉禾去看布幔后的鸳鸯灯笼。

"哪来这东西？"沉禾看着一愣。

"买的。"三太太拿出火柴，"你把蜡烛点上。"

"元宵节都过啦。半辈子都过去了，还跟小孩子一样，这有什么好玩的？"

"你嫌我老？"

"你又瞎猜了！你看起来不比红歌大。我是说我老了，一晃都三十多了，比你还大四岁哪，还来玩这个。"

"你也不老。点上，我就要你点上。"

"好，点上，点上，听三太太的。"

"我都说过多少次了，不要叫我三太太！"

沉禾笑了笑，擦亮火柴，刚要点，红歌站在门边小声说："三太太，小姐过来了。"紧接着就听到小姐的声音，"红歌，三姨娘在屋里吗？"

沉禾立刻扔掉了火柴，把布幔拉上了。三太太很不高兴地快步走到躺椅前，坐下来拉上了毛毯，沉禾在远离她的对面的红木椅上坐了下来。

小姐说："听下人们说，三姨娘不舒服，我特地过来看看。哟，大管家也在呀！"

三太太让小姐坐下，说："我请他帮个忙，还没来得及开口你就过来了。我没事，就是夜里睡觉着了凉，现在好多了。"

沉禾说："小姐可不要这么说。什么管家，为老爷太太少爷小姐做点事是应该的。"

"别小姐小姐的。我还是叫你沉禾哥习惯，"小姐握着三太太的手说。"姨娘，你不知道，沉禾哥小时候对我可好了，整天带着我到处玩，比我哥对我还好呢。沉禾哥，以后你还要带着我玩，好不好？"

沉禾尴尬地笑笑，"好，小姐吩咐的哪敢不从？"

"又小姐小姐了！姨娘你看，他就会油嘴滑舌。"

三太太看看沉禾，突然咳嗽起来。小姐忙问怎么了？三太太说没什么，就是突然有点不舒服了，要到床上躺一会儿。然后站起来往卧室走，边走边说："红歌，木头，你们俩把核桃和蜜饯拿出来，好好伺候小姐和管家。"

7

三太太一定觉得问题不对了，此后的几天一直陷入悲伤和愁闷之中。但是她又拿不准，所以就时常一个人自言自语，偶尔还会问问红歌和我。

她说："你们觉得二管家怎么样？"

对三太太这样没头没脑的问题，我们实在不知道怎样回答，三太太见我们大眼瞪小眼，便失望地摇摇头，说你们又知道个什么呢。接着在院子里转起圈子。她想问我们沉禾为什么不像过去那样三天两头来了，我们也不知道。除了沉禾自己，谁知道呢？有一天中午，太阳暖暖的，三太太在躺椅里眯着眼，忽然就睁开了，让我去二太太的院子里找小姐，说她想和小姐说说话。我答应着，一路小跑去了。

我跑到二太太的院门前，叩了几下门环，孙妈出来了，让我小点声，二太太正在午睡，然后才问我过来干什么。我告诉她，三太太想找小姐过去说说话。孙妈有点为难，因为小姐正和熊先生在她房间里聊天，走不开。这样一来我也不知道该怎么办了，正犹豫不定，小姐出来了，身后跟着熊步云。小姐问孙妈什么事，声音也压得低低的。我就说明了来意。

小姐说："好的，你先回去告诉三太太，我马上就去。"然后转身问熊步云，"你跟我一块儿去吗？"

熊步云甩着手套，笑着说："以后再说吧。再说，要去也得准备点礼物再去。你忙你的，我到你哥哥那边去看看。"

我一路跑回去，把经过告诉了三太太。三太太听了眉目有点舒展了，"你真的看见姓熊的从小姐房间里出来了？"

"真的。"

三太太显然比较高兴，吩咐红歌："给木头一包桃酥，不，两包，你们一块儿吃。"

我们俩坐在太阳地里吃桃酥，三太太在我们旁边坐下。小姐来了，问候过三太太的健康，坐在了三太太旁边的椅子上。她们像过去一样琐琐碎碎地说起话来。

　　后来三太太说："听木头说，熊先生也在。为什么不一块儿过来玩玩？你看这阳光好的，不晒晒太阳说说话，可惜了。"

　　"他害羞呢，"小姐咯咯地笑起来，"当兵的胆子有时也很小。"

　　"听说你们关系挺好的？"

　　"姨娘，看您说哪儿去了，"小姐红了脸，脸扭到了一边。"他就是经常找我说说话，没别的。"

　　三太太说："我们的大丫头，还不好意思呢。姨娘见过他几次，感觉真不错，要是配上我们蓝家的大小姐，真是郎才女貌，天造地设的一对呢。"

　　"姨娘！"小姐羞得头都低到椅子下面了。

　　三太太这么多天终于爽朗地笑出了声。她们聊得很好，小姐走了以后，三太太就在太阳底下睡着了，这是十分罕见的现象。但是她的笑声没有持续两天，心情又坏掉了。原因是沉禾仍然没有来过，而且，一次红歌去花房取回我们院里的一盆盆景时，看到沉禾正和小姐走在一起，看他们走路的趋势，很可能就是去二太太的院中。红歌一不小心说了出来，三太太又不行了，当时就把剥了一半的核桃丢下了。

第二天早上，刚刚恢复过来的眼圈又黑了。早饭后我和红歌站在三太太面前，等候三太太关于今天事务的吩咐。三太太把小手炉转来转去，侧着脸看我们。

"你们觉得我亲还是二管家亲？"

我们一起答道："当然是太太亲。"

"那好，"三太太说，"既然我亲，你们听二管家的还是听我的？"

"当然是听太太的。"

三太太把手炉放下了，"这可是你们自己说的。木

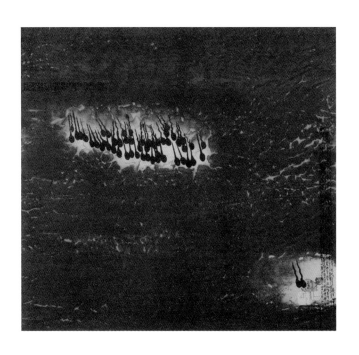

困而生之 / 1989年 / 68 cm × 68 cm

小院篱影扫不尽 / 1985年 / 182 cm × 92 cm

世界人 / 2005年 / 367 cm × 142 cm

永恒 / 2010年 / 160cm×346cm

头，从今天开始，你就给我跟着二管家，他到哪你到哪，但是不能被他发现。听见没有？"

"听见了。"

"好，你现在就去。还有，这事谁也不许说，二管家那里也不能说。"

出了门我就想，这个任务好啊，可以到处转转了。沉禾到哪我到哪，沉禾出去玩，我也出去玩。后来想想又不对了，我到哪里去找沉禾呢？我先到沉禾的住处看了一下，门锁上了。我就在大院里漫无目的地走来走去，别人遇到我，我就说三太太让我找红歌的，她不知道跑哪儿去了。一个上午我连沉禾的影子都没找到，倒是看了一眼老爷。

经过老爷的院子前时，我听到了几声猫叫，突然想看看老爷长什么模样。几个月了，我还没见老爷，红歌也没见。红歌说，她来到蓝家时，老爷已经把自己关进笼子里了。老爷的院门锁上了，我只能通过门缝看。其实也没看清楚，只是看到铁笼子里有个东西一闪，就钻进小屋里去了。我猜那是老爷，穿着一身白衣服，就像那些跑来跑去的猫一样。我想爬到墙头上再看，墙太高了，老爷的墙好像比别的院子要高很多。红歌曾多次告诫我，不要在老爷的院子外过多停留，这似乎是蓝家不成文的规矩。有几次我怂恿她跟我一块儿来看老爷，她不肯，说她不敢，就是看也看不到。胆小鬼。一只猫厉声叫了起来，吓我一跳，我也赶紧走开了。

我一无所获地向三太太复命，三太太说没什么，下午接着找，尤其是二太太的院子周围，要多留一点儿心。我留心了，甚至有一次爬到了树上向二太太的院子里张望，只看到孙妈端着一只碗从这个房间走到那个房间，然后再回来，一会儿冒着热气，一会儿只剩下一只冷冰冰的空碗。后来总算看到了沉禾。我躲在冬青丛的后面，看到沉禾从西边走来，叩响了二太太的门环。还是孙妈开的门。

沉禾说："孙妈，小姐在家吗？"

"不在。"

"小姐不是已经回来了吗？"沉禾说，想推开另外半扇门进去，被孙妈拦住了。孙妈说："小姐说了，她不在！"然后砰地关上了门。

沉禾抬起脚想踹上几下，往四周看看又放下了。我远远地跟在他后面，看他一路打着哈欠往住处走。开了门进去，就把门关上了。我想他是睡觉了。我在外面等了好长时间也不见他出来，肚子开始叫了，想吃饭，我要回去把这事告诉三太太。

三太太听了一言不发，只是把两只胳膊相互抱起来，过一会儿才满眼通红地对我说："继续跟着。"

我就继续跟着。

那几天我像影子一样跟在沉禾的屁股后头，不即不离。跟着他到了很多地方，当然也有几次是来到二太太的院子前，但是无一例外，孙妈都把他打发走了。不知道小姐为什么不愿见到他，沉禾也拿孙妈没办法。我还跟沉禾到过河边的老米库，现在金虎子和另外一个小伙子看守，门外养了两条大狗，沉禾离得老远狗就叫了起来。我没敢跟上去，找了个地沟趴进去，等着他出来。我在地沟里差点睡着了，狗咬惊醒了我。我看到沉禾一路哼着小曲在吃东西，他经过我旁边时，我辨出了那种香味，是老鼠肉。沉禾竟然还没改掉对老鼠的嗜好。

沉禾去过的地方真不少，最要命的是，有时候他也不知道自己要干什么，出去走走仅仅是因为无事可干。或者会去小酒馆里坐坐，二两酒，三碟菜，喝完了哼哼唱唱地回来了。也会去逛街，漫无目的地东张西望。新米库快要建好了，这地方是他每天必要去的，他对着一堆忙活着的人指手画脚地说上一通，再在米库里面转悠一圈，就离开了。

一个半下午，我觉得他和平常不一样，出了蓝家大院走路的速度就加快了，我要小跑才能不被甩掉。他走得好像很谨慎，偶尔还会回头看看，这次真是让我很吃力。过了石拱桥和白门巷，沉禾拐上了紫米街，继续走，右拐进了天一巷，再走，到了和八仙巷交界十字路口。那里有很多大大小小的茶馆。然后一闪身不见了。我已经跑得满头汗，累得就想一屁股坐地上，我知道这样跟下去也没什么意思，但是又想，跑了半天了，就这样被甩掉更没意思，所以决定继续跟着。我得先找到他到哪里去了，应该是进了哪家茶馆了。我抱着头，装作冷得受不了，小心翼翼地钻进一家茶馆，看了一下，没有。再换一家。又换一家。换了好几家。中间被老板或者小二赶出来过两次。终于在一家不起眼的小茶馆看到了他。

那家茶馆门面很小，客人也少，加上沉禾也不过六个人。沉禾对面坐着两个黑脸的汉子，其中一个胡子乱糟糟的，大冷天还把袖子卷了起来。我躲在窗户外边，只露出两只眼，听不见他们说什么。他们的脑袋凑在一块儿嘀咕着。后来沉禾从口袋里掏出一把花票子塞给那个大胡子，大胡子放在手里掂了掂就装起来了。然后他们两个就离开了茶馆。我看到大胡子有点瘸，是左腿上的毛病，走起路来两个肩膀不一样高，耸一下，又耸一下。

沉禾还坐在那里，慢吞吞地喝完了剩下的茶才付了钱离开。

回到蓝家天已经黑了。三太太说："怎么这么迟？看到了什么？"

"二管家去了天一巷和八仙巷的茶馆里，他和两个男的在那里喝茶。"

"男的就不要说了。他见着了小姐没有？还有没有其他女人？"

"没有。就是男的，黑脸，一个是大胡子，还是瘸子。"

"男人有什么好说的！吃饭去吧。"

"可是那个人是个瘸子。"

"瘸子有什么？又不是小姐瘸了！快，吃饭去！"

8

我的跟踪没有持续下去，蓝家出事了。大管家智二先生和二管家沉禾，从新米库回来的路上被蒙面的歹人打了。

蓝家的新米库是个浩大的过程，如今已近完工。它一直是在无声无息中进行的，这是智二先生的意思，也是他从老米库的抢劫事件中得到的启发，他不希望新米库在建好之前就遇到什么不幸。上次那起抢劫事件至今还没有头绪。尽管如此，一个庞大的东西逐日拔地而起，还是引起了蓝塘人的关注，尤其是现在作为一个新米库的规模和格局已经完全显现的时候，它不可避免地成为蓝塘人茶余饭后最重要的谈资。智二先生为此非常谨慎，经常要沉禾陪他一起去看看新米库。那天晚上，他们两人把新米库里里外外都仔细地检查了一遍，又叮嘱了临时雇来的十几个看守人，才一起提着灯笼离开米库。

天有点黑，他们穿过一条巷子时，发现前头站着三个黑影，气势汹汹。沉禾觉得有问题，转身看了一下后面，巷子尾也堵上了三个黑影。他们知道坏了，有人想着他们了。前后的六个黑影一起向前走，把他们困在狭窄的小巷子里。想喊叫的时候已经来不及了，六个人扑了上来，踩灭了他们的灯笼，接着一阵拳打脚踢，他们就趴下了。那些人他们都不认识，沉禾看到他们都穿着黑衣，一块黑布遮住了嘴脸。智二先生在眼镜被打掉之前，看到的也不比沉禾多。打完了，那六个人迅速地搜刮了他们身上的钱财，就离开了。智二先生吓得魂都丢了一半，半天没能从地上爬起来，他从来没经过这种阵势，裤子都湿了。还是沉禾搀着他跌跌撞撞地回到了蓝家大院。

三太太当天夜里就带着我和红歌去看智二先生和沉禾，那时候我们都睡了。三太太的紧张溢于言表，她什么话都不说，走路比平常要快得多。她在岔路口停留片刻，还是决定先去看望智二先生。

智二先生躺在床上，张大嘴巴喘气，眼镜没了，知道睁着眼也看不到什么，就把眼睛闭上了。但是听说三太太来了，还是顽强地睁开了眼。他的左腿上夹着两块木板，右胳膊擦伤的地方刚刚涂好草药。大夫坐在一边，正在指点一个下人煎药。智二先生的老婆坐在床边，握着老头子青紫的手哭哭啼啼。智二先生让三太太坐，他没法起来了。三太太让他躺好，真是对不住，为了蓝家操劳一生，还遭到歹人的毒手，她代表蓝家表示谢意并道歉，说得智二先生老泪都下来了。

大夫向三太太汇报了一下智二先生的伤势，还好，只是左腿骨裂，内脏没有受到太大伤害，更多的是皮肉伤。因为智二先生年纪大了，恐怕要躺在床上静养一段时间了。智二先生听了又难过了，说现在正是多事之秋，身为管家却不能为老爷、太太分忧，实在是问心有愧啊。说着刚刚干掉的眼泪又出来了。三太太只好翻来覆去地安慰他，像是哄小孩，直到智二先生再次安静下来。

我们来到时间不长，少爷就到了。此刻大夫已经告退。少爷问过病情，寒暄了一通之后，红歌和煎药的丫头扶着老太太到隔壁房间去了，屋子里就剩下三太太、少爷、智二先生和我。三太太要我坐到床边扶助智二先生。他们开始就蓝家的家事谈了起来。

智二先生叹了口气说："三太太，少爷，蓝塘迟早也要打起来了。"

三太太说："智先生何出此言？"

智二先生说："米库遭抢，我和沉禾遭劫，人心不稳，看来已经不远了。"

少爷说："是啊，步云也说了，战事像火球一样滚过来了，而且越滚越快。"

三太太说："那该怎么办？"

智二先生说："我也在着急，老爷那儿，您是知道的。现在就靠少爷和三太太了。"

"喂喂喂，智先生，"少爷连连摆手，"你别指望我，对于料理家务这块我是一窍不通的。三姨娘，还是您来吧，您对家里的各方面都比较熟悉。要不，您就让我爸出来，可是，爸爸他？"

"你也知道老爷他——"三太太说了半截子话就停住了，过了一会儿才说，"真要是打起来，天下都乱了，我一个女人如何撑得住？再说，还有二太太在，也轮不到我说话。"

少爷说："三姨娘您就多费心吧，二姨娘她身体不好，多少年也不问家事了。"

智二先生叹了一口气说："少爷，这个家可早晚都是你的！"

少爷笑了笑，说："马上就打起来了，蓝塘是谁的都不知道呢，还说什么一个家！"

轮到三太太也叹了一口气。一时间大家都沉默了。过了一会儿，智二先生突然剧烈地咳嗽起来，带得全身都跟着动荡起来。我托着他的后背，他的脸朝上，咳了我一脸的唾沫星子。咳完了，智二先生对着床外欠了欠身子。

"三太太，少爷，"智二先生说。"有句话不能不说了，我老了，现在又变成这样，说不定哪天就不行了，这管家的担子总得有个人接，至少现在得有个人把这担子扛起来。不知三太太和少爷有什么想法？"

三太太看看少爷，少爷却说："家里的事我不懂，三姨娘和智先生看着办吧。"

智二先生又叹了一口气，"不知三太太有何高见？"

三太太说："我跟他们接触也不多，还是由智先生决定更为妥当一些。"

智二先生说:"既然这样,我就说说自己的想法。我觉得沉禾还不错,以前也征求过老爷和太太的意见。其实,三太太大概也知道,这管家的位子原本也应该是沉禾的父亲的。"

三太太说:"他是不是太年轻了?"

智二先生想了想,说:"三太太说的也有道理,不少事他的确有些急于事功。这样吧,我能走之前,先让他锻炼锻炼。"

大概就这么定了。智二先生家的自鸣钟敲响了凌晨一点,三太太带着红歌和我离开了。按照事前的想法,看望完智二先生就该是沉禾了。我们走到沉禾的住处,里面的灯还亮着。三太太站在门前,说她不想进去了,让我和红歌进去看看他。听刚才的大夫说,沉禾只是皮外伤,擦洗一下上点药就没问题了。

红歌对我说:"那你一个人进去吧,我在外面陪着太太。"

三太太说："我不需要人陪，你也去吧。"

我们就进去了。沉禾正在一张纸上用笔画来画去，见到我们很吃惊，问我们怎么来了？太太呢？

红歌说："太太在门外，让我们进来看看二管家。不知道二管家伤势如何？"

沉禾说没事，站起来的时候嘴疼得都歪到一边了，他的脚伤了，脚上正缠着一条白布，有血迹渗出来。他扶着我的肩膀出了门，三太太抱着胳膊站在落光叶子的银杏树下，一个黑黢黢的影子，见沉禾出来，转身就走。

"喂，你怎么不进来？"沉禾说，然后迅速压低声音，"我在想米库的事。这些天太忙，闲下来我就过去。"

三太太没有停下，在黑暗中已经走远了。我把沉禾扶进屋，帮他关上门，就和红歌跑去追三太太了。

第二天傍晚沉禾就来了，照例拎了一包胡顺子酱鸭脖子。进了门就嘿嘿地笑，倒笑得三太太不知怎么办才好。他把酱鸭脖子提起来向三太太抖了抖，终于让三太太抓到了小辫子。

　　"你就不能换一样东西带过来吗？"

　　"你不是喜欢吃这个么，"沉禾说，把酱鸭脖子递过去。"我特地差人去买的，你尝尝，还热着哪。"

　　三太太一下子就生气了，一把将纸包扔到了地上，喷香油亮的鸭脖子散落在门槛前。"我不吃，"三太太说，"我从来不吃热的酱鸭脖子！"

　　沉禾的脸挂不住了，盯着三太太半天，笑容重新回到了脸上，说："下次买凉的，我不是担心天冷你吃了不舒服嘛。红歌，木头，你们两个把鸭脖子收拾一下。"

　　我们蹲下来捡起那些鸭脖子，捡得我口水直流。捡完了我们出门洗手，沉禾说风有点大，让我顺便把门关上。门关上了，三太太屋里的动静就小了。我和红歌来到院门前，这是这个时候我们应该做的事。外面还真有点冷，我们站在院门附近跺了一会儿脚，觉得没意思，红歌决定继续教我唱前两天教过的那首童谣：

小槐树，结樱桃，

杨柳树上结辣椒。

吹着鼓，打着号，

抬着大车拉着轿。

苍蝇踏死驴，

蚂蚁踩断桥。

葫芦沉了底，

石头水上漂。

小鸡叨只饿老鹰，

老鼠逮到大狸猫。

你说好笑不好笑？

可我总是记不住。红歌说这首儿歌是她几年前教她弟弟的，她弟弟一学就会，没想到我这么笨。然后她问我，猪是怎么死的？

"被人杀死的。"

"错啦，"红歌说，跟着笑起来。"是笨死的！"

我也跟着笑起来。这时候天就黑了，三太太的房间里点起了灯。三太太打开半扇门，对我们说："不早了，把院门锁上，你们早点睡吧。"

那天晚上我好长时间都没睡踏实，为了及时起来开门放沉禾出去。但是一直没有人叫我，三太太的房间里也没什么动静，我撑不住就睡过去了。

智二先生和沉禾被打的事刚刚平息没两天，蓝家又出事了。小姐在一个下午闯进三太太的院子，三太太正在刺绣，见到小姐进来了，立即把刺绣藏到了茶几底下。小姐没有像以往那样，对三太太正做的事显出极大的兴趣，而是进了房间门就哭开了，哭得伤心欲绝。让三太太不免担心起来，赶紧问小姐出了什么事。

"姨娘，姨娘，我该怎么办？"小姐扑倒在三太太的怀里。"刚刚我去哥哥房里找他，你猜我看到了什么？他在和，在和步云，在接吻，他们在，在那个！姨娘！"

我和三太太一样，当时都没反应过来，接着我就明白了，是男人和男人抱在一块儿亲嘴。我顿时觉得身上起了一层鸡皮疙瘩。我想象不出两个男人怎么会这样在一起。

"这可不能瞎说，"三太太的惊诧使她的胳膊都僵硬了，抓住小姐的肩头一动不动。"你别哭，坐起来好好说，到底是怎么回事？"

小姐坐下来过了一会儿才停住大哭，慢慢说起了她在少爷房里看到的。

她找少爷是想和他还有熊步云一起到紫米街上看戏的。一个黄梅戏班子在紫米街上搭了个台子，将在黄昏时分演出《天仙配》。她记得前两天曾和少爷说过这件事，少爷答应了。她来到少爷的院里，推门就进去了，这么多年她到哥哥那里去从不敲门。少爷的门关着，她想看看哥哥在干什么，就没有直接进门，而是走到窗户前，透过时髦的玻璃向里面偷窥。

　　少爷和熊步云在一起，他们被罩在穿过窗户玻璃的阳光里。金黄的阳光如此耀眼，以致小姐刚开始看不清他们在干什么。适应了之后，小姐的呼吸立刻粗重起来，她被她看到的吓坏了，觉得头有点昏胀。她从没见过两个男人可以这么亲热，少爷在和熊步云接吻。他们吻得很投入，也很辛苦，两人剩余的五官都不同程度地变了形。小姐立刻觉得自己不能这么看下去了，但就是挪不开步，被钉在了那里一样。脸开始发烧，心跳声撞击着耳膜。他们忘我地扭曲。随后小姐看到他们的双手

动起来，在对方身上寻找，像蛇蜕皮一样一件件剥掉了
对方的衣服——熊步云威武的军装滑到了地上——然
后一起倒在床上，一条大被遮住了身体。而整个过程
中，他们的嘴巴一直熟练地粘在一起。小姐再也忍受不
了了，喉咙里有东西轰隆隆翻滚着要出来，她捂着嘴忍
着，憋出了满脸的泪水。

她再次决定离开，但是两腿发软，头重脚轻，她从
窗前移开，再也忍不住大声地吐了起来。房间里响起了
熊步云雄浑的声音："谁？！"

然后她听到了门打开的声音。但是她不能回头，只
好跟跟跄跄地向院子外面跑，嘴里腐烂的酸味让她想继
续吐下去。小姐跑回自己的房间里，简单地洗漱了一下
就躺下了，她心乱如麻。她没法相信竟然看到了这种场
面。头疼得厉害，她模模糊糊觉得这么多年的好生活一
下子全过去了，如同一幅美丽的画被风卷走，就像从来
没有过一样。整个人陡然空了，飘了起来，晃晃荡荡的

不知始终。

她想找点什么拉住自己，把自己填满，她太害怕这种荒凉死寂的空荡了，她要找个人听听她的哭声，就想起了三太太。

说完了小姐又哭了，"姨娘，我该怎么办？什么都没有了，都空了。"

三太太说："你就这么喜欢那个熊步云？"

小姐泪眼婆娑地点点头，然后说："我不知道。我不知道。"

三太太拍着小姐的脊背，神情严肃地说："不行，不能这样。木头，快去，把二管家找来。"

小姐说："找他干吗？"

三太太说："这不是你一个人的事，这是蓝家一家的事，也是整个蓝塘的事。"

沉禾正在太阳地里修脚，被我死活拽了来，袜子都没来得及穿。他听了三太太的复述，抓起了脑袋。"这事有点麻烦，"他说。"小姐，你认为该怎么办？"

小姐自从沉禾来了以后，一句话都没说，现在只是冷冷地说："我怎么知道？"

沉禾说："这个熊步云怕是留不住了。"

三太太说："你要找人去？"

"你想到哪儿去了？我是说他会很快离开蓝塘的。"

这时候红歌在外面说："太太，有汽车响了。"

沉禾对我说："木头，跑去看看，是怎么回事。"

我跑出院子，汽车的声音向蓝家院门的方向远去。我一路追上去，汽车留下的油气味非常好闻。等我跑到大红门前，汽车已经出了大院，马达的声音更远了。我问看门的老头，刚才汽车是不是出去了。老头说，出去了，是熊先生的车，车上还坐着少爷。

"别的呢？"

"什么别的？对了，少爷说，他要出一趟远门，什么时候回来不一定。车后还有两个少爷的大箱子。"

9

关于打仗，又一阵风声在蓝塘传开。比上次更迫近，听那些逃难至此的灾民的口音，已经和蓝塘人没有什么区别了。红歌这些天突然沉默了，有事没事就眼泪汪汪的，她听说她的故乡芦溪有两支军队一直在激烈地争夺，那里乱成了一锅粥。三太太说，你家里不是只剩下后娘了吗，你还哭什么？红歌抹抹眼泪不出声，一个人转到了门外。我跟过去，发现她眼泪流得更凶了。

红歌说："我想弟弟。"

她说的就是那个对儿歌一学就会的弟弟。可是有什么办法呢，那边打起来了，想回也回不去；这边大概马上也要打起来，想回又不能回。我不知道该怎样安慰她。我从没见过打仗，不知道打仗到底是个什么东西，而一旦打起来了，我也不知道我该干什么，会干什么。

那些天我的确认真想过战争的事，结果当然是想不明白。他们都说，子弹炮弹都不长眼，枪一响命就没了。我觉得不可思议，一眨眼的工夫抵上那么多年，人真是白活了。想想又恐惧，从小到大一天天累积起来的那些梦想我还没有来得及实现，我就死了，有什么意思呢？我想赶在死之前多做几件藏在心里的愿望。

我问红歌："快打起来了，你最想做的是什么？"

"回家看看弟弟。"

"我是说打起来之前，就在这大院里。"

红歌想了想，说："我现在不想告诉你。"

"为什么？不能说？"

"就是不想告诉你。你呢？"

"我想看看老爷在笼子里是怎样生活的。"

红歌打住我，看看四周，"你小点儿声，找死呀？"然后放低了声音问我，"真想？"

"真想！"

第二天中午，伺候了三太太睡下，红歌偷偷来到我的小屋里，拉着我就往外走。

"你要干吗？"

"小点儿声，你不是想看老爷吗？"

她带着我出了三太太的院子，外面是三月的春天。在那个中午，我仿佛突然发现了另一个季节已经来临，天暖起来了，这从一切返青的植物那里都能看见，萎靡一冬的树木开始舒展，杨柳的芽苞正在绽放。园圃里的草远看如同一层绿色的蒸汽浮在地表。还有几种早早醒过来的花，比如迎春花，黄得绚烂又放肆，一簇簇，一丛丛，像一堆堆火焰拔地而起。然后是鸟，永远也叫不上名字来的小东西，嗓子被阳光映照得鲜亮，每一声鸣啼都水灵灵的婉转。红歌说，不能让别人看出来我们要干什么，她故作轻松地唱起来那首童谣。我跟着念，走在春天的院子里。

小槐树，结樱桃，

杨柳树上结辣椒。

吹着鼓，打着号，

抬着大车拉着轿。

苍蝇踏死驴，

蚂蚁踩断桥。

葫芦沉了底，

石头水上漂。

小鸡叼只饿老鹰，

老鼠逮到大狸猫。

你说好笑不好笑？

老爷院子的周围一个人都没有，整个蓝家大院沉入了温暖的春睡当中。高高的院墙上开满迎春花，蓬蓬勃勃逶迤开去，像顶了个巨大的花环。红歌让我看着周围，找到了围墙上一处有些破损的地方，抓住一块小石头用力摇晃，那块小石头就掉了下来，空出的地方正好可以伸进脚尖。她接着又敲敲弄弄，但是周围再也找不到同样的一处了。

"只有这样了，"红歌说。"你踩着这个洞，攀着墙头看。如果有人看见了，你就说我让你采墙上的迎春花的。"

按照红歌的意思，我踩着那个缺口想上去，可是立足不稳，手也很难攀到墙头，总是上不去。红歌说，先跑上几步，再踩着缺口跳一下也许能上去。我试了一下，手倒是能抓到墙头了，可脚还是不稳，整个人贴不住墙。红歌让我再试一次。我跑起来，踩上，抓住墙头，正当身子觉得贴不紧墙壁时，红歌抱住了我的另一条腿，用力把我贴在墙上，我站稳了。

"能看到吗？"

"不能，"我把蓬松的迎春花拨向一边，只能看到笼子的上半部分。"还是有点低。"

"你踩到我肩上。"

我转身低头看着她,她也在看着我,"快,踩到我肩上。"

"不行。"

"快点儿,踩上去!"她开始扳我的小腿。"一会儿来人了。"

我踩上去,有点软,我感觉得到她在抖。"这样不行,你受不了的。"

"还啰唆!你看你的!"

我再次拨开迎春花,整个笼子尽收眼底。铁笼子在太阳底下闪着光,光秃秃的银杏树看起来更像是假的。铁笼子里摆满了大大小小的屋子,青的砖,灰的瓦,无数只猫在笼子里和银杏树上奔跑、追逐、悠闲地踱步、抱着脑袋呼呼大睡。一例的白色,一片雪白,比阳光还耀眼。

"看到了吗?"

"没有。老爷不在笼子里。"

"那就在屋子里。"红歌吃力地说，她的身子抖得更厉害了。

"我下去了。"我说。

"不行，下次就不一定有这么好的机会了，"红歌说。"再等等，说不定老爷马上就出来了。你用个石子惊动他一下试试。"

我从墙头上抠下了一个小石子扔过去，小石子穿过笼子掉在了地上，一只猫叫了一声，仅此而已。我又抠了一个，小石子这一次砸在了铁笼子上，清脆的一声响，整个笼子喧闹起来，那些白猫到处乱窜，叫声不绝。我有点怕了，慢慢地缩下了脑袋。这时候我看见从笼子的大屋子里走出一个人，身后跟出一大群白猫。那人肩膀上和胳膊上都蹲满了猫。头发胡子长到了一起，和猫一样白，衣服也一样的白。腰有些弯，似乎难以支撑身上那么多猫的重量。他缓慢地走出屋子，缓慢地转过身子，面无表情地向四周转动脖子。我想他就是老爷了，因为好奇，我再次伸长了脖子，我想看得更清楚些。然后，他看到了我。老爷缓慢地对我笑了起来，在阳光底下半眯着眼，嘴里的稀疏的牙齿闪着刺眼的白光。这就是老爷，张大了空洞的嘴巴对我笑了。我感到了恐惧的凉意爬上了后背，我跟着红歌一块儿抖了起来，接着因为站立不稳就从红歌肩上摔了下来。

红歌也摔倒了，我的上半身落在了她的胸前。我们都叫了一声。我感到胸前两团柔软的东西，有种美妙的感觉从那里贯穿了整个身体。我没有立刻爬起来，我不敢。红歌也没有动静，过一会儿，我感觉到她伸出双臂把我抱在了怀里，我听到她轻轻的啜泣。她哭了，我想起来，但她不放手。我用力挣脱了她的怀抱站起来，红歌此刻转了一个身，侧躺在地上，眼角在往下流泪。

"你哭了？"我说，伸手去拉她起来。她不情愿似的从地上起来，一直低着头擦眼泪。她低着头，正好抵着我的下巴。我隐隐约约感到自己有了重大的发现，一把托住了她的脸，让她抬起头，果然，我们鼻尖正对着鼻尖。"我长高了，我长得和你一样高了！"

红歌定定地看着我，生气似的嘟着嘴，泪眼蒙眬。这是我见过她最好看的时候，一个女孩居然可以这么美，眉眼鼻子嘴巴都快变成温润的玉一样透明的了。我也嘟起嘴，缓慢地碰了一下她的嘴唇。她一直看着我，眼睛瞪得大大的，像是被我吓着了。然后捂着脸转身跑开了。我愣了一下，追上去。到了三太太院门口，她停下了，转过身低头对我说："你想知道打仗之前我最想做什么吗？"

"什么？"

"就是刚才那样，和你在一起。"

说完，她跑进了院子。

关于少爷和小姐的传闻，很快就和战争的消息一起从外面涌进了蓝家大院。传闻说：少爷和高元城守军司令的儿子，两个大男人整天在一块儿瞎搞，他们做的竟然是男女之事，真是恶心死啦。还有小姐，蓝家不知是怎么了，少爷、小姐都看上了那个姓熊的，小姐都跟那男的上过床了，偶然的机会发现自己的男人正在跟哥哥干和自己做过的相同的事，哪受得了，大闹了一场，谁知那姓熊的带着少爷，拍拍屁股走人了。小姐哭哭啼啼，寻死觅活，觉得日子没法过了，别人好说歹说总算坚持活下来了。这当然是比较简单的说法，再详细的就不能听了，大大小小的细节都出来了，好像他们全都亲眼看见了。还有更详细的。那段时间整个蓝家大院都变了脸，和过去完全不一样，所有下人都鬼祟起来，当着面谁都不说话，背地里却热烈地相互咬着耳朵。

这事最早是厨房里的一个老太太告诉红歌的，说是她的外甥在外面听说的。红歌告诉了三太太，三太太没当回事，也可能是没在意听。后来胡螳螂又跟我说了这

珠穆朗玛峰 / 2008年 / 136 cm×68 cm

九秋 / 1975年 / 190cm×62cm

事，他说的就比红歌重复的要详细多了。胡螳螂说，也是听别人讲的，大院外面的人都这么说。可是小姐当时所说的完全不是这个样子，他们的描述竟然比小姐还要仔细。我又告诉了三太太，三太太才觉得问题大了。她让我去找沉禾，告诉他从院外传来的这些谣言。很快沉禾就跟着我回到了三太太的院子里，他也觉得问题很严重，这关系到蓝家和少爷、小姐的名声。

"我两天前就听说了，以为谁在造谣，就没当回事。"沉禾说。

"可是造谣也不行，三人成虎，以后还让小姐他们怎么出门？"

沉禾挠着脑袋，拍了几下说："这事当初知道的不多，是不是谁传出去的？"他说话的时候，不时地拿眼睛瞟我和红歌，突然大喝一声，"木头，红歌，是不是你们说出去的？"

我被他吓得一愣，还没回过神来，红歌就说："不是我们，三太太，二管家，不是我们！三太太知道的，我和木头这些天一直都待在院里，哪儿也没去。"

"真没说？"三太太看看我。

"没说，"我摇摇头。"谁都没说。"

三太太说："应该不是他们说的，他们没胆子造这个谣。"

"那会是谁呢？"沉禾又开始抓脑袋了。"这事智先生和小姐知道吗？"

"不清楚。"

"应该让他们知道。"

接着三太太和沉禾就去了智二先生那里，我和红歌跟在后面。智二先生的腿有所好转，但夹板还在。智二先生说，伤筋动骨一百天，何况还是老胳膊老腿的，不行啦。他以为三太太是去看望他的，一再表示不劳三太太亲自上门，听了沉禾说明来意，智二先生脸上的笑意立刻消失在数不清的皱纹里。

"怎么会这样？"智二先生差点跳了起来。"少爷出走我已经很是担心了，怎么又出了这种谣言？这里一定有人在暗中捣鬼，这人篡改了小姐的意思，意在诽谤和攻击我们蓝家。你们想想，当时一共有几个人知道这件事？"

沉禾数了数，除了小姐、少爷和熊步云，就四个人，三太太，沉禾，红歌和我。"但是，"沉禾说。"我和三太太是不会说的，木头和红歌也不会。是不是还有其他人知情，而这个人我们目前还不知道？"

"问题是这个人在毁坏少爷和小姐的名誉！"智二先生说，"尤其是小姐，还是待字闺中的姑娘，这声名如何挽回？这个人简直是蓄意与小姐和蓝家为敌。"

"会是谁呢？"

"外面有多少人听说了这个谣言？"

"好像大家都在传说，"沉禾说。"昨天我在茶馆里喝茶，就听到一个茶客在说这事。一个人知道了，就会有十个人知道，十个人知道了，满世界人就全知道了。"

"麻烦大了！"智二先生搓着双手说。"这里面一定有鬼。一定有鬼。"

三太太说："现在更重要的是，如何保全小姐的名声，她还是个姑娘。"

"三太太说得是，"智二先生说。"如何保全小姐的名声呢？我得去问问老爷。"

10

那些传闻愈演愈烈，几乎所有人都在谈论少爷和小姐的事情，很多无中生有的细节让整个蓝塘激动得哆嗦不止。谁会想到呢，蓝家的少爷，蓝家的小姐，少爷跟男人搞到了一块儿，小姐没有出嫁就和男人睡了，而且那个男人就是和少爷搞在一起的那个。更有甚者，竟然绘声绘色地说，少爷、小姐和熊步云三个人实际上是滚作一团过日子的。兄妹俩和一个男人的故事。嘿嘿，他们谈论的时候不住地用手擦拭嘴角，目光发亮，兴奋地躲躲闪闪。那可是蓝家的事啊，他们太乐意谈了。我照三太太和沉禾的吩咐，一个人穿行在大街小巷，除了那场看来无可避免的战争，人人都在说这件事。我问他们，这些事是听谁说的？他们说，你没听见吗，人人都在说。是的，人人都在说，争着抢着，把自己送进那些议论的人堆里。我想红歌说得对，他们的确是被即将到来的战争吓坏了，除了唾沫横飞地说说这种事，实在没什么可以缓解像乌云一样长久地压在心头的恐惧了。

我把听到的传闻如实地报告给三太太和沉禾，他们都板着脸，事情闹大了。三太太提议去见智二先生，我就又被带到智二先生的床前，像在三太太的院子里一样，一字不漏地重复一遍。智二先生的脸当场就白了，胡子和嘴唇一起抖起来。"长了腿了，长了腿了，跑得怎么就这么快呢？"智二先生说。"沉禾，制造谣言的人找到了没有？"

"没有，"沉禾说。"一点头绪都没有。就是找出来又有什么意义？"

"你派的那二十个辟谣人怎么说？"

"他们说没办法，没人听他们的。谣言比事实还强大，恐怕很难辟得了了。"

智二先生坐起来，拍着伤腿上的夹板，恨恨地说："都是这腿，把事全给耽误了！三太太，我急啊，咱们可不能把小姐的一生给耽误了。"

三太太说："当务之急，还是应该想办法怎么给小姐脱身。辟谣的最好办法就是亮出事实，智先生以为呢？"

"三太太的意思是说？"

"少爷大概是不会再回来了。我派人去过高元城，少爷不愿见，更不想回来。我看还是尽快给小姐找个合适的婆家吧。"

"你说说，沉禾？"

"三太太说的有道理，这才是釜底抽薪的办法。"

我没见过沉禾说的那二十个辟谣人，听他的口气，二十个人已经在外面跑了好多天了，像我一样走街串巷，想方设法让那些蓝塘人相信，根本没有这回事。我没见过他们中的任何一个。我想即使派四十个人也于事无补，传闻像苍蝇一样乱飞，苍蝇就是要飞的，谁也没法让它们停下来。我听到了智二先生、三太太和沉禾无可奈何的叹息。

给小姐找婆家不是一件容易的事。当然要找门当户对的人家，还要年轻有为，忠厚孝贤，如果少爷以后果真不回来了，蓝家就要靠这个姑爷来撑着了。要在平常时间，蓝家的小姐在蓝塘完全可以不正眼看人。蓝家的显赫不必说了，小姐是见过大世面的，在大城市里念过书，一肚子墨水是个文明人。但是现在不行了，这仗说打就打，待在蓝塘固然不安全，离开蓝塘更不好说，都知道枪弹不长眼，而且兵荒马乱的，哪里都不是人待的地方。这就断了小姐的一条后路，必须待在蓝塘。还有，少爷不在家，小姐怕是一辈子都要守着这个大院了。这是智二先生说的，二太太和三太太也这么说，蓝家不能没人。另外，就是现在情况不同了，按照三太太私下里的意思，小姐的身价已不比平常，女人的名声坏了，就像宣纸浸了水，多好的东西也差不多等于废了。

三太太说的没错，不仅是身价大打折扣，干脆一败涂地。几天以后我听到三太太和沉禾议论，早两年向蓝家攀亲的几个大户人家都委婉地拒绝了，只说蓝家财广势大，小姐知书达理，他们高攀不上，还是自知而退的好。三太太又找人私下打听了一下，对方都说，已经很明白了，蓝塘人都知道的。再也没有什么好说的了。

那些天三太太经常去智二先生家里商量这件事，后来突然不再去了，火气很大的样子回来了，见到什么都不顺心，吓得我和红歌什么话都不敢说。我们不知道哪句话三太太不爱听，好像哪句话她都不爱听，我们只好整天关着嘴巴站在一边。接着我们就听到了三太太和沉禾连续几天的吵架。

这在过去是从来没有过的，沉禾怎么敢和三太太吵架呢？但是现在吵了。沉禾把门关上，三太太不让他关，说怕什么，红歌和木头都是自己人，有什么话不能让他们听？

"你冷静一点！"沉禾的声音冷冰冰的，砰地把门关上了。我和红歌知趣地离开了三太太的门前。我们站在院子里的紫藤廊下，看着满院的春暖花开。春天真正地来到了，中午的某一个时候甚至有夏天来临的错觉。树木抽出了枝叶，这时候的蓝家大院开始变柔和了，冬天里那些冷硬的老绿色开始褪装，新鲜温暖的嫩绿挤满了园子和路边，那些绿色让我想起花街上的午后阳光，心里软软的，想睡觉。红歌在这种安静的时候会漫无目的地哼起她曾经教给弟弟的一些童谣，除了那个我非常

紫
米

喜欢的《小槐树，结樱桃》，还有别的儿歌，比如《萤
火虫》：

萤火虫，夜夜红，

公公挑菜卖胡葱，

婆婆绩麻糊灯笼，

儿子开店做郎中，

新妇出门取牙虫，

一石米桶吃不空。

比如《小红孩》：

小红孩，戴红帽，

四只老鼠抬红轿；

花猫打灯笼，

黄狗去喝道；

一喝喝到城隍庙，

把城隍老爷吓一跳。

红歌哼唱童谣时目光变得悠远，远得我看不到她到底看到了哪里。婆婆当年好像也是这样对我讲那些远得看不见的旧事的。我明知故问地说，红歌你在哼什么？

"没什么呀。怎么啦？"

"没什么。"我支吾了半天不知说什么好了，只好随便说了一句，"三太太和沉禾吵起来了。"

红歌说："沉禾不想要三太太了。"

"谁说的？他们不过是吵吵架。"

红歌莫名其妙地笑了一下，说："你听。"

我听了，三太太突然放大了声音说："不行，我不同意！我死也不会同意！"过一会儿又说，"沉禾，你卑鄙！我告诉老爷去！"

门开了，沉禾理了理上衣出了门，一边走一边说：

"有胆子你就去。说出来对谁都没好处！"

沉禾离开了，我和红歌小心地走进三太太的房中，三太太歪在躺椅里在抽泣，曲曲折折地像在唱一首歌。

"太太。太太。"我和红歌叫着。

三太太擦了泪，没头没脑地问红歌："你喜欢木头吗？"

红歌低着头说："太太，红歌没想过这些事。"

"要是想呢？"

"太太，红歌是个丫头，不能做不该做的事。"

"我实际上是羡慕你的，红歌。有些事你迟早是可以做的，我却不行，一辈子都不能做。"三太太对我们摆摆手，"好了，你们下去吧。"

三太太和沉禾又吵了几次架，然后我就听说一个消息，小姐要和沉禾订婚了。我是在三太太的院里听到这个消息的，当时三太太和沉禾在吵架。我和红歌站在院子里，三太太的房门这次没有关，声音在院子里听得很清楚。

三太太说："我不同意！"

沉禾说："智二先生同意了，小姐也同意了。说不定老爷也同意了呢。"

三太太说："除非你先杀了我，我是不会同意小姐和你定亲的！"

沉禾说："你冷静一点对大家都有好处，否则你什么都得不到。"

三太太说："出去，你给我滚出去！我真是疯了，这几年怎么会相信你这卑鄙无耻的流氓！沉禾你蓄谋已久！"

沉禾出来了，对我们说："去看看太太，她这两天精神有点问题。"然后就走了。

我和红歌相互看看，开始小心地向三太太房间走过去。红歌说："木头，你喜欢二管家吗？"

"不喜欢。"

"你会一直对我好下去吗?"

"我会。"

红歌就不说话了,我们进了三太太的房中。三太太在屋子里走来走去,嘴里嘀咕着,我不会放过你的,我不会放过你的,我不会让你有好日子过的。见到我们,三太太停下了,去拿椅背上的衣服,她的手都抖起来了。三太太说:"走,你们两个跟我去见老爷!"

"太太,"红歌说,"您真决定去见老爷了?"

三太太的衣服搭在臂弯里停下了,捂住脸哭起来,说:"红歌,我该怎么办,你说?"

红歌说:"红歌不知道。"

三太太把衣服一扔,说:"反正已经这样,大不了玉石俱焚。走,现在就去。"

三太太没有穿上那件外套就带着我和红歌出门了。外面的阳光很好,天很暖和,地上的影子臃肿笨拙,显得有点可笑。路上遇到几个下人，他们向三太太问好，三太太匆匆点了一下头就过去了，她急匆匆的样子让那些下人走过去又转回头来看。

老爷的院门是锁着的，除了猫叫，里面很安静。三太太掏出钥匙打开院门，让我们俩在门口守着，谁也不许进去。三太太进了院子就把门关上了。我听到猫叫的声音变大变杂了，然后听到三太太说：

"老爷。老爷。"

老爷的咳嗽声。猫叫声。铁笼子上大锁晃动的声音。铁门打开的吱呀声。无数只猫逃窜和疯狂的嘶叫声。然后是三太太恐惧的惊叫声。除了猫叫，里面又安静了。太阳可真好，红歌在我对面轻轻地擦拭潮湿的额头和鼻尖。空气中有嗡嗡的琐碎的声音流过，花在开放，叶在伸展，有鸟从头顶上的半空里飞过。安详的中午，世界显得缓慢而且悠长。

"啊，啊。"三太太痛苦地叫起来，接着喊，"老爷，老爷，你听我说。"

砰的一声，是板门关闭的声音。过了片刻，我们听到三太太的声音："红歌，木头，你们快过来。"

我和红歌赶紧推门进去。三太太支着手半躺在铁笼子前，一脸惊慌和欲哭无泪的表情。铁门半开，那些猫蹲在各自的地方对着三太太和我们虎视眈眈，尾巴高高翘起，胡子不停地抖动。我没见到老爷，他显然已经进了他的小屋。他竟然进了小屋。红歌也叫了一声，我看到三太太的面前流了一摊血，淡黄色的缎子面衣裤都染红了。三太太用手摸到了地上的血，终于忍不住大哭起来。

"你先出去，谁都别让进来，"红歌说。"过会儿我叫你。"

我在外面等了一会儿，红歌叫我进去。地上的血迹少了很多，红歌架着三太太，怀里多了一个布包，竟是她的外衣，衣服上渗出斑驳的血迹。红歌让我和她一起搀着三太太回去。一路上红歌都在嘱咐三太太，让她坚持住，不能让别人看出来。

三太太回到院里，躺到床上时已经面无表情了。脸白得像张纸，一点内容都找不到，我总感觉她想哭，可她就是不哭。红歌让我把院门锁上，谁敲也不开，她端着一大盆热水进了三太太的房中，关上了门。我在紫藤廊下无所事事地站着，听着三太太房中的动静。突然听到三太太喊叫起来："我的孩子！我的孩子！"声音疯狂而又凄苦异常，接着是水盆翻倒的声音，花瓶的破碎声，凳子等等摔倒在地的声音。三太太的声音让我想起在紫米街上见过的一个女疯子，披头散发，大喊大叫。红歌一个劲儿地说，三太太，三太太，您小点儿声，您小点儿声。然后叫我的名字，让我进去。

三太太的头发乱了，衣衫不整，被红歌按倒在床上。三太太还是不肯安静，手和脚都在胡乱地伸展。卧室里一片狼藉，充满浓重的血腥味。

"帮我按住太太，"红歌说，我看到她满脸都是眼泪。"让太太安静下来。"

我们花了好长时间才让三太太安静下来，她一直在咕哝着说她的孩子，她的孩子，说得我莫名其妙。红歌曾经嘱咐过我，让我不要在三太太面前提孩子的事，可是现在三太太自己却喋喋不休。当着三太太的面我没敢问红歌其中的原因。三太太安静之后，出了三太太的卧室，我忍不住问起这个问题。

红歌说："太太流产了。又一个孩子没了。"她的眼泪又下来了。

"就是在老爷院子里的时候？"

"可能是被猫吓得摔倒所致的，我也不清楚。"

红歌都不清楚，我就更不清楚了。然后我突然就想起了一直没记住的儿歌《小槐树，结樱桃》，那些字句像一个个小人从我头脑里蹦出来，我竟然能够从头到底背出来了。我欣喜地告诉红歌，那首儿歌那首儿歌我终于学会了。

11

此后三太太一直处于半清醒半混沌的状态。清醒的时候总是默默地流眼泪，混沌的时候就要喋喋不休地说她的孩子了。有时候也会把我们叫到她身边，随便问一些大院里的事。比如这两天外面又发生了什么事，哪个人的身体怎么样了，还会问我们想不想家。问得最多的，当然是沉禾和小姐的事。开始我们只推说不知道，后来就不行了，因为他们的定亲仪式快要举行了。这个消息我是从智二先生那里得到的。我按照三太太的吩咐，去告诉智二先生说，三太太这两天身体不舒服，大院里的事就请智先生多费心了。智二先生说理所当然，是分内的事，现在他的腿伤感觉好多了，让三太太安心养病，不要挂念太多。既然三太太也同意小姐和沉禾的亲事，那这事就这么定下了，选个好日子尽快发布出去，也好及早洗刷小姐和蓝家的清白。智二先生让我转告三太太，日子已经选好了，就和新米库落成庆典放在一起，也算是蓝家的双喜临门。

这个消息我没有转告三太太。被红歌阻止了，她说如果三太太知道日子都定下了，会疯掉的，她已经不能再受刺激了。当时的日子是定在半个月以后，红歌想等三太太恢复一段时间，反正时间来得及，精神好了再告诉她也不迟。但是没想到，新米库的典礼突然提前了，这也是智二先生和沉禾的共同决定，因为据说军队马上就打进来了，迟了就没机会了。

蓝塘人提心吊胆这么久，终于要等来了。战场已经逼近到蓝塘以北三十里的小镇桃川了，夜深人静的时候能够清晰地听见隆隆的枪炮声。所以沉禾他们仓促地准备了一下，打算尽快把仪式给搞完。

庆典的那天我去了，是以沉禾这边唯一的亲人身份参加的，因为所有人都知道我是他受人委托照顾的弟弟，也是他唯一的弟弟，唯一的家人。沉禾为了减少不必要的麻烦，没有邀请三太太，也不许我把这件事告诉三太太。红歌知道我要出去，就帮我编了一个借口向三太太请了假，才离开院子的。

　　时间在上午，我终于得以仔细地看看那个刚落成的新米库了。至少也是老米库的三倍大，分两层，巨大的石头一直堆砌到顶。四角形的屋顶，一例是结实的青瓦，瓦片大约是平常的房子瓦片的两倍大。正南方向的大门宽大无比，可以并排驶进两辆马车。门边上摆放两座威武雄壮的石狮子，嘴巴大张，向天长啸，数得清楚狮子嘴里的牙。门前是个宽阔的平台，再下面是一个巨大的广场，青石板铺地，庆典和定亲仪式就在这两块平敞的地面上举行。此刻的平台和广场上已经张灯结彩，大概也是因为仓猝，那些花花绿绿的东西悬挂和摆放显得草率和不负责任，有的灯笼刚挂上去就开始摇摇欲坠，一些红色的飘带随风乱舞，纠缠在一起如同一堆破布。

　　米库门前的平台上人不多，主要是邀请来的嘉宾，都是蓝塘数得上的头脸人物，长袍马褂或者西装革履，腰杆挺直坐在上面。此外就是沉禾带着蓝家几个负责各方面事务的头头，然后是小姐和我。智二先生因为腿脚不方便没能参加，老爷和二太太因为众所周知的原因也不能出席，三太太突然病倒了，也没法到场，他们已经把热烈的祝贺和美好的祝愿提前表达过了。这是沉禾在典礼之前就向各位嘉宾交代过的事情。广场的观众很多，把一个看起来有些辽阔的地方塞地满满的。喧嚣之声鼎沸，无数只手对着台上指指点点。

谁都没有想到，沉禾刚刚宣布过新米库落成典礼现在开始，炮声就响起来了。开始大家都没听明白，因为沉禾宣布过之后，广场四个角同时响起巨大的鞭炮声，尖锐之声绵延不绝。我在鞭炮声中曾经辨出了沉闷的轰隆声，但是没有在意，我怎么会想到沉禾的鞭炮声竟然能遮蔽了火炮声。事实上鞭炮声不仅混淆了火炮声，扰乱了人们的听觉，还混乱了大家的眼睛。鞭炮的烟雾从四角升起，裹在风里飘荡在广场上空，像一个烟雾做成的蒸笼盖子，以致更远一点的地方我们总是看不见。而当鞭炮的烟雾稍稍散尽，那些落到蓝塘境内的炮弹腾起的烟火就一目了然了，火光和烟雾从蓝家新米库背后的远处向这边移动。接着，所有人都感到了大地在发抖。

最先做出反应的是那些心不在焉地坐在台上的嘉宾，刚觉察到脚下不稳就开始交头接耳，到处乱瞅，几个不怀好意的男人趁机狠狠地看了小姐几眼。小姐坐在我旁边，一直低着头抠自己干净温润的指甲。我已经很多天没有见到小姐了，好像少爷和熊步云离家之后她一直就没走出过院子。现在，小姐穿一身吉祥喜庆的红衣服，我知道她无话可说。

小姐一定也感觉到了什么不对劲儿，大地再次颤抖的时候她看看我，说："木头，什么在动？"

我看到小姐的眼圈红红的，眼泪一直在里面打转。我说："小姐，地在动。"

紫
米

　　广场上的人一定也感觉到了，但是他们没能及时回过神来，他们疑惑地大眼瞪小眼。接着一声炮响让所有人同时清醒过来了。先是大地明目张胆地摇晃，紧接着脚下的震动通过双脚迅速送进了身体里，我觉得肠子突然扭结，又猛地一扯，然后就听到了仿佛响在耳边的轰鸣。我被那一声吓蒙了，声音太大了，耳朵里在好长时间里都是无边无际的细碎的轰鸣。台上和广场上立刻乱了起来，人群像一堆找不到出路的蚂蚁。最着急的是沉禾，他对着台下喊："大家别乱，不会有事的！别动，我还没宣布完！"

　　没人理他，大家都乱了。台上也乱了，嘉宾们拖着沉重的身体择路而逃，一脚不慎的就从台上滚了下去，然后连滚带爬地逃窜。小姐也站起来跑了下去。沉禾大叫着让我跟着小姐，别让她跑不见了。我跟着小姐跑下台去。小姐大概想跑回蓝家大院，但是人太多了，拥挤不堪，摔倒了一个很快就积累出一大堆，小孩的哭声，大人的叫声，整个广场乱糟糟的一片。蓝塘人传闻打仗也好几个月了，而一旦听到了枪炮声，还是迅速变成了一群没头的苍蝇。我拉住小姐，让她停一下，这样会挤出人命的。小姐停住了，抱着胳膊靠边站着，看着台上沉禾正在声嘶力竭地喊叫。

这个时候，炮声竟然停息了，广场上突然出现了难以置信的安静。我听到沉禾趁机大声喊道："蓝塘的各位乡亲，今天，既是新米库落成的日子，也是我沉禾与蓝家小姐定亲的大喜日子。请各位父老乡亲作证，从此我就是蓝家的人，决不辜负岳父岳母大人和亲朋好友对我的信任和厚爱！"

小姐在纷乱的阳光底下抖了起来。又一阵猛烈的炮声，一颗炮弹落到了米库的屋顶上。新建好的米库被那颗炮弹掀起了屋顶，随着一声巨响，屋顶四分五裂。像打开了一个闸门，刚刚进仓不久的紫米如同火焰一样喷射而出。太像火焰了，紫米在阳光的照耀下变得透明，发出火一样的颜色。巨大的火焰喷射而出，四散开来，半个天空都是火一样的紫米，无边无际。紧接着又是一颗炮弹，紫米再次升起来。紫米升起的同时沉禾摔了下来，从台上像根木头似的直直地摔下去。在巨大的炮声里，沉禾是无声无息地摔下去的。广场上的人还在夺路奔逃，我和小姐站在那里看着刚刚建好就成了废墟的米库，米库前沉禾趴在地上一动不动。我让小姐快走，小姐呆呆地看看我，快步向沉禾走去。

"小姐，"我拉住她。"再不跑恐怕就来不及了。"

小姐转过身，嘴角浮上一丝荒凉的笑意，"他已经是我男人了。"

我跺着脚喊她，她无动于衷，继续向沉禾走去。我心里一迟疑，就被裹胁进了人流，歪歪扭扭地随着他们离开了广场。炮声隆隆，感觉到处都在爆炸，到处都在沦陷，大地一直在抖。我跟着人群跑过一条巷子，再拐一个弯，看到了坍塌了的石拱桥和蓝家破碎的大门，看门的老头歪倒在门边，看不到哪个地方受了伤，我探了一下他的鼻孔，已经死了。我跑向三太太的院子，不知三太太和红歌怎么样了。蓝家的大院应该落了不少炮弹，跑不远就看到一个弹坑。很多下人拎着大包小包向大门外逃去，一边跑一边大呼小叫。我问他们看没看到三太太和红歌，没有人理我，他们只盯着自己的性命和脚下的路。

三太太的院子里空荡荡的，一个人也没有。我在院子里扯起嗓子叫红歌的名字，没有人答应。我突然心慌起来，觉得世界一下子空了，什么都没有了。我喊着红歌的名字跑出院子，分不清跑的是哪条路。只管往前跑，撞到了好几个逃难的下人，他们都没有看到红歌和三太太。此刻的炮声向南移动，蓝家大院呈现的是劫后的宁静。我刚跑到老爷的院子前，红歌从院子里出来了，我一把抱住她。

"你还好吗？你还好吗？"我都有点语无伦次了。

"你跑回来的？没伤着吧？"红歌把我上上下下检查了一遍，见到没伤痕，激动得一头埋到我胸前，两手在我的后背乱抓，抓得我很疼，疼得我感到了前所未有的幸福，我发现我已经比红歌高出不少了。"你把我担心死了！"

"太太呢？"

"在里面。"

进了院子，我看到老爷的铁笼子已经被炮弹炸毁了一小半，铁门也掉了下来。老爷穿着一身染满血迹的白衣服躺在铁门边上，缺了一半的头歪在智二先生的怀里，已经死了。我看到了老爷血迹斑斑的一条吊梢眉，老爷的鼻孔朝天，嘴巴和胡子歪到了一边。这就是我们的老爷。智二先生抱着老爷的脑袋号啕大哭，不知是因为老爷的死还是因为他的腿，他的那条伤腿彻底不用治了，连同夹板一起被炮弹卸了下来。他剩下的断腿在剧烈地抖动，让为他包扎的三太太费了不少力气。三太太

爱是神圣的不爱是在那装 / 2006年 / 180cm×560cm

我想把春天留住 / 2010年 / 143cm×346cm

身上好像没有伤，只是目光迷离，头发凌乱，嘴里一直在说："我的孩子没了，他不要我了。我的孩子没了，他不要我了。"

我想挽三太太起来，我替智二先生包扎，三太太把我推到了一边，"你知不知道，我的孩子没了，他不要我了？"她继续为智二先生包扎，嘴里念叨相同的那句话，"我的孩子没了，他不要我了。"

红歌说："让太太来吧，她心里难受。"

这就是我一直想看的老爷的院子，已经成了一个烂摊子。银杏树枝干被炸坏半边，小屋倒塌了，笼子里堆满了猫的尸体，现在它们已经变成了红猫。没死的那些白猫在笼子里胆怯地乱跑，笼子坏了它们也不敢跑出去，还有几只被炸掉一半的猫，此刻还在坚持用剩下的半个身子在跑。老爷安静地躺在智二先生的怀里，就这样死了，我没听他说过一句话。

院子里的人都跑光了，我到外边找了好长时间也没找到一个人。只好跟红歌两人，她搀着三太太，我背着瘦小的智二先生离开了老爷的院子。走出门的时候，我看到那些劫后余生的猫从各个角落跑出来，围在了老爷的尸体前。

我先把智二先生送回了家，然后回到三太太的院子里。红歌已经把三太太安置在床上躺着了。三太太躺在床上很平静，只是嘴里还在不停地重复那句话，表情像块木头。

"院子里空了。"我对红歌说。

红歌也跟着说了一句空了。我问她，三太太和她怎么跑到老爷的院子里了。她说本来她们不是去老爷的院子里的，而是去找智二先生的。

三太太躺在床上听到了外面传来热烈的鞭炮声，像是感觉到了什么，问红歌是怎么回事。红歌说不知道，三太太不相信，因为那么长的鞭炮不是谁家都能放得起的，最重要的，三太太听出了鞭炮的声音来自新米库的方向。这样红歌就没法隐瞒了，如实告诉了三太太今天是个什么日子。三太太听了，犹豫了一下终于决定去智二先生那里。她带着红歌一路小跑出了院子，这时候炮声已经响起来了。智二先生正在因为炮声而焦虑，他担心刚建好的米库。三太太来了。红歌说，她没能听到三太太和智二先生说了些什么，事实上他们说话的时间很短。然后她就看到智二先生拄着拐杖一蹦一跳地从屋子里出来，一路大呼小叫，声泪俱下，说对不起老爷，对不起蓝家，他智二引狼入室，罪该万死，罪该万死。他去老爷的院子了。

红歌和三太太在智二先生家刚坐不久，炮弹就进了蓝家大院。三太太担心老爷的安全，想过去让老爷转移到一个安全的地方，就和红歌一起又去了老爷的院子。去老爷院子的路上，她们听到了好几枚炸弹爆炸的声音，也看到了泥土和烟雾腾空而起的景象。到了老爷的院子里，她们看到的和我看到的几乎没有两样，老爷死了，智二先生被炸断了一条腿。红歌说，她们刚到不久，就听到了我在喊她的名字。而那会儿，三太太因为看到了老爷的尸体和智二先生的断腿，又变得糊涂了。

外面的炮声还在继续，感觉三太太的院子像是从外面的那个世界里独立出来了。我和红歌面对面坐着，屋子里有着悠久深埋的宁静。

"打仗了。"我说。

"你打算怎么办？"

"我想离开这里。不想再待下去了。"

"去哪里？"

"不知道。你呢？"

"不知道。"红歌在看着门外出神，也许看到了什么，也许什么都没看到。"如果能走，我想回家看看弟弟。"这是她一直以来就有的愿望。过了一会儿，她又说，"你饿吗？我给你做一顿饭吧。紫米饭。"

我们对自身的疑虑如此凶猛

寻找·发现·重建一个世界

张艳梅：则臣，你是我心目中最好的70后作家，我们先来谈一个形而上的问题，你理想中的文学是一种什么状态？包括文学写作和文学阅读。对于个体生命而言，经由文学，我们是否能够"把掉在地上的都重新捡起来"？

徐则臣：谢谢梅姐鼓励。这第一个的确是个难回答的问题，我试着把接近的动词、名词、形容词和短语全用上吧。在我看来，文学的状态应该是：宽阔、驳杂、本色，是鲜活和入世的，骨子里头是一双具有反思和质疑能力的热眼，必须真诚。写作和阅读都当如此。不管写作还是阅读，文学肯定是看清楚自己是谁的最佳途径；知道"你是谁"，才能知道"你从哪里来""要到哪里去"，才可能"把掉在地上的都重新捡起来"。认了真，掉在地上的一定能捡起来。

张艳梅：既然说到《耶路撒冷》，我们先从《耶路撒冷》谈起吧。读完这部长篇，是在北京到济南的动车上，看到长安被带上火车那一段，心情很复杂。后来，我在博客上贴过一段话谈及，70后作家终于长大了，你们的视野、心胸和笔墨，都具有了世界意识。到世界去，虽然仍旧是朝向远方的姿态，并非因为我们不在世界之内，而是我们能够走出自己和自己脚下的阴影，有能力去建构一个更广大而壮阔的世界了。你曾说起过，写作这部小说，花了六年时间，我相信，在这六年中，其实你对世界和生活的理解也在不断深入，而你的文学表达的力量也在不断积聚，是不是这样呢？

徐则臣：到世界去，归根到底是为了回到自己的世界；当然，这一去一来，你的世界肯定跟之前不一样了，因为你由此发现了更多的新东西，重新认识之后的你的世界可能才是世界的真相。"世界"这个词用多了，可能有点绕。这小说前后折腾了六年，前三年我只做笔记，材料都准备好了，但我不知道怎么写，找不到可以把我的想法都容纳进去的结构和路径。2010年在美国，参加爱荷华大学的国际写作计划，有一天晚上失眠，在床上翻烙饼，突然脑袋里一亮，找到了小说的结构：我可以在偶数章使用不同文体的专栏。问题解决了。然后我花了整整一年的时间去采访、思考和撰写那十个专栏。因为小说主体故事与专栏的很多内容纠缠在一起，写专栏的过程同时也在加强我对故事和人物的理解。把想法有效地渗入进细节然后充分地落实，这一能力也只有这几年才有。这能力不单单是技术上的，如你所说，还是对世界和生活的认识逐步深入的结果。2010年之前我是写不了这个小说的，情感和思考太单薄。憋到了，才能成。

张艳梅：小说中，初平阳的姿态是寻找，易长安的姿态是逃亡，杨杰的姿态是奔波，秦福小经历漫长的流浪，最终回到了家园，但是大和堂并不能永世存在，给她们母子护佑，你的很多小说都表达了一直在路上的主题，那么，这种漂泊感由何而来？又向何处生长？正如小说中所言，到世界去，那么，走出历史、文化、时代、生存和精神暗区的道路在哪里？

徐则臣：我写了很多出走和在路上的小说。一个作家最初的写作可能源于一种补偿心理，至少补偿是他写作的重要原因之一。现实里得不到的，你会在虚构中张扬和成全自己。我从小梦想在路上，到世界去，但我又是一个胆怯的人，且多少年来受制于各种环境和条件，从没有酣畅淋漓地出走过，也从未心无挂碍地跑遍世界，尽管现在我去了很多地方和国家，心里依然拘谨、挂碍和纠结——需要考虑的事情太多，天生就是个瞎操心的命。你想彻底又彻底不起来，那只好在小说中把自己放出去，去无限接近那个绝对的、心仪的自由和放旷。当然，写作日久，思索既深，很多问题会换个方式去考量。我发现我无法原地不动地看清自己，也无法原地不动地看清小说中的人物，我必须让我和他们动起来，让所有人都走出去、在路上，知道他们的去路，才可能弄清楚他们的来路，才能知道他们究竟是谁。人是无法自证的，也是无法自明的，你需要他者的存在才能自我确立；换一副嗓子说话，你才能知道你的声音究竟是什么样。出走、逃亡、奔波和在路上，其实是自我寻找的过程。小到个人，大到国族、文化、一个大时代，有比较才有鉴别和发现。我不敢说往前走一定能找到路，更不敢说走出去就能确立自己的主体性，但动起来起码是个积极探寻的姿态；停下来不动，那就意味着自我抛弃和自我放弃。

张艳梅：70后作家中，我一直对你和李浩的写作，充满期待，也常常思考你们的相似与差异。李浩对历史的浓厚兴趣，以及阐释历史和重建历史的野心，在他的长篇新作《镜子里的父亲》中，一览无余。你对生活的深刻理解，以及阐释生活和重建生活的野心，在《耶路撒冷》中，同样清晰可见。因为这两部长篇，我觉得70后作家呈现出了宏大气象，正在告别成长，开始对历史和时代发言，这种表达，严肃尖锐，而又真诚。其实在《耶路撒冷》中，你也写到了'文革'，对于当代小说中的历史叙事，你怎么看？你觉得自己在面对历史、介入历史时，有和李浩同样的建构历史的雄心壮志吗？还是说，你更愿意在生活和生命的维度上，无限地伸展自己？

徐则臣：似乎已经成了共识——当代小说中能写

好当代的并不多。其实，当代小说中写好历史的也不多。在当代写历史，在故事、细节和情景的意义上还原历史现场也许并不难，笨功夫做足了就能八九不离十，难的是如何将当时代的"时代感"注入进彼时的"历史感"，换句话说，就是：在今天如何重新叙述历史。所有的历史都是当代史。重要的不是故事讲述的年代，而是讲述故事的年代。福柯这句话应该放在所有打算对历史发言的作家案头。很多大张旗鼓地从事历史叙事的作家，"当代感"都很成问题，如何去获得有价值的"历史感"？李浩对历史的兴趣是建立在他的"当代感"和"历史感"同时过硬的基础上的，所以，他的《镜子里的父亲》我们才看好。我肯定会写历史，很多年前我设想我的大学专业时，除了法律，我最想进的是考古专业，从来没想过要念中文。现在依然保持高昂的兴致，凤凰网关于历史和考古发掘的新闻，我几乎每条都看。在正构思的一部长篇小说里，主人公就是一个从事考古的历史学家。此外，一个作家写到一定程度，不可避免要触碰历史，因为历史能够给作家提供一个宏观地、系统地把握世界和时间的机会，在作家个人意义上，也是一次必要的沙场秋点兵。好的历史小说应该是一部"创世纪"。

张艳梅：从历史我们说回到现实生活，你的小说基本都是现实题材，《耶路撒冷》中，写到了拆迁、造假、开发等各种时代热点话题，对于今天这个日益喧闹的年代，写作时，你感到最困难的是什么？世界是我们灵魂漫步的大地，还是禁闭我们心灵的庞然大物？你是以一个地质勘探者的身份，敲打世界的每一块石头，还是以一个哲人的精神之旅，叩响世界的每一扇门窗，抑或是手握抒情诗人的横笛，与世间万物之美琴瑟和鸣？换种说法，面对生活，你更喜欢托尔斯泰式的，还是卡夫卡式的表达？

徐则臣：我写过一部长篇小说《午夜之门》，不当下也不很现实，我个人比较喜欢，但读到的人很少，几乎不见反响，虽然这小说还是当时我获华语文学传媒大奖的获奖作品。是否触及热点问题，或者是否处理重大题材，对我来说从来不是问题，题材没有高下之分，我是否写它们仅在于我是否对这些问题有话要说——弄明白了有话要说，弄不明白也有话要说，那我就开始写。最困难的时候是，我知道我有话要说但我不知道如何开口。事实上我们的确面临很多此类的问题，你可能一肚子话，就是不知道该怎么说。世界是什么？不知道我的回答是否中庸和骑墙，但我真是这么看的：有时候它铺展在我们脚下，有时候它卷起来，把我们紧紧地幽闭其中。面对生活，我更喜欢托尔斯泰式的，宽阔和复杂对我来说是认识和表达世界的重要标准。

张艳梅：《耶路撒冷》写出了一代人的生命和精神

历程。从水汽氤氲的花街，到声浪喧嚣的北京，漫长的时空里，缠绕交织着各种社会问题，各种生活经历，各种生命体验，小说冷静而又热忱，记录一代人的挣扎，惶惑，寻找和梦想。耶路撒冷，对于秦奶奶，或是初平阳，并没有本质的不同，信仰，始终是我们必须面对的最重要的人生问题。耶路撒冷，作为宗教圣地，是世界各地朝圣者心中的圣城。小说中，这四个字，是初平阳精神世界的远方，是三代人的生命回响，是人类向何处去的追问，那么，你在写下这个小说题目的时候，内心里有宗教这个维度吗？秦奶奶背上的十字架，对于没有宗教信仰的中国意味着什么？

徐则臣：耶路撒冷是三教圣城，但我更看重她作为信仰意义上的指称。信仰和宗教是完全不同的概念。信仰更个人化，更自由也更纯粹。而宗教是建立在所有成员共享的经典传统的基础上，常常被践行于公开的风俗习惯中，它是集体主义的，等级、权利、秩序渗入其中，已经意识形态化了。小说中的人物焦虑的也是信仰问题，而非宗教。秦奶奶也是，当她只按自己理解的方式出入斜教堂时，她根本不会关心宗教到底是个什么东西。如果秦奶奶的十字架对于中国人来说，是个需要我们正视和重视的意象与隐喻，那我也希望是在信仰的意义上展开对它的理解。

张艳梅：今年70后作家有几部长篇小说，引起了普遍关注。除了你和李浩，还有路内的《天使坠落在哪里》，乔叶的《认罪书》，田耳的《天体悬浮》，弋舟的《蝌蚪》，王十月的《米岛》等。路内、弋舟和乔叶的这三部长篇，都有着成长小说的影子，只不过，路内放大了某个时代侧面，弋舟拉长了生命镜头，乔叶写出了历史隐秘。为什么70后作家意识里，有那么强烈的罪感？这种罪感是来自于对父辈的审视和追问，还是来自于自我身份的存疑和焦虑？这几部长篇小说，或多或少，都

隐含着孤独，绝望，漂泊，忏悔，救赎等主题。那种内在的自罪和自证，那种基于现实和历史的自我背负，到底意味着什么？

徐则臣：有好几部作品我还没来得及拜读，有这么强大的共识？是不是一个巧合呢？要让我说，更可能的原因是因为这代人都老大不小了，该到检点自己的时候了。反思的结果肯定不会是发现自己原来挺是那么回事儿，而是发现自己，发现自己这一代人原来竟有这么多、这么大的问题。我个人的感觉，这代人对父辈的审视和追问远不及对自身的疑虑来得凶猛。我们自己的生活和精神出了问题，或者说，每一代人到了这个年纪，都会有类似的自我质疑；这可能是一个人成长必经的功课，只是这一代人的焦虑和质疑有70后自身更显著的特点。如果说真有这种共性，那我很高兴，说明这一代人开始要集体进入开阔、深沉的"中年写作"了。

花街·京漂·重回精神家园

张艳梅：对于读者来说，小说家提供的是一座花园，还是一个迷宫，或者只是一扇门而已？在你的小说作品中，京漂系列是最受读者欢迎的，尤其是城市中漂泊奋斗的年轻人，很容易从《啊，北京》《我们在北京相遇》《跑步穿过中关村》这一类作品中找到共鸣，也可以说，京漂系列，记录了都市非主流年轻人的生存状态和精神视野，近年来，也有人把这些作品放在底层叙事范畴中讨论，我倒是觉得二者有着本质不同，不是说你没有所谓底层情怀，而是你没有局限于底层这个社会空间结构，对于那些年轻人，你也没有居高临下的同情，一路写来，反而有种声息同在的温暖，那么，这种漂泊者的温暖是你的初衷吗？

徐则臣：要让我说出自己的愿望，我更希望能给读者提供一个世界，单独的、尽可能完整的、有着我独特理解和印记的世界。我喜欢把它称作是作家个人意义上的乌托邦。这些年写了一些跟北京有关系的小人物的小说，无意拉着"京漂"做大旗，也没想做什么"底层叙事"，我只是写了我经验到的、思考到的生活，碰巧背景是在首都，碰巧这群人都是边缘的小人物；我只熟悉这个城市，它是我的日常生活，我也更理解这些小人物，他们构成了我基本的生存处境。既然水到渠成我写了这个城市和这群人，既然我必须写这个城市和这群人，那我就要想办法把它写好。我想在这些人物和故事的基础上认真探讨一下，在这个时代，城市与人的关系。我相信，写好了，它就不仅仅是一群生活在北京的边缘小人物的故事，而是生活在这个现代的世界上人的故事。漂泊者的温暖肯定是我希望表达的一个方面，作为他们中的一员——这么说一点都不矫情——我当然希望所有人都能相依着取暖，希望告诉读者，这个世界不管多么残酷，不管你有多么绝望，总归还是蕴含了某种可能性；但温暖不会是我写作的目的，否则我只要煽情就可以了。我想和大家一起，努力看清楚他们与这个城市的来龙去脉，努力看清楚我们是谁，从哪里来，要到哪里去。

张艳梅：你曾经说过，"此心不安处是吾乡"，看着让人心酸。对于当代中国来说，故乡早已沦陷，人云心安是归处，奈何，从未有心安时，就算心安，也无归处。故乡遥远，而生活迫切，几乎让人无从安定。那么，你在京漂系列中有这种现实批判的隐忧吗？读这些作品，常常想起《北京，北京》那首歌，"人们在挣扎中相互告慰和拥抱，寻找着追逐着奄奄一息的碎梦。"这句歌词真是伤感。那么，是不是说逃离故乡的心，无法在异乡安宁，本身仍旧意味着现代人精神寻找的漫漫长路？

徐则臣：故乡不能让人安妥，或者说，永无心安处可寻，肯定是哪个地方出了问题。其实不需要我来批判，所有人都知道这是个世道与人心都动荡不安的时代。世界动荡，呈现碎片化，个体只能复归于个体，"告慰和拥抱"是没有办法的办法。我经常会想象十九世纪及其之前的生活，想当然地认为那时候人过的应该是一种块状的生活，缓慢，安稳，平静如水。当然这想象可能很不靠谱。但当我的想象继续前进，无论如何也无法把二十世纪和二十一世纪及以后的生活想象出块状来时，世界不再平静如水，世界被放在了火上头，开始烧热、翻腾、滚沸，人像分子、原子、中子一样在这个时代的火焰上头孤独地东奔西跑、疲于奔命，你无法块状地生活，只能线性地、规则诡异地乱窜，你只能携带着你自己。我们的确到了这样一个时代，我们对自己的身体无限深入的洞悉，无比发达的高科技，越发透明和平面化的世界，我们反倒成了迷失的现代人，因为动作过快、过大、过猛，灵魂被甩在了身外，我们必须四处去寻找。现代人最重大的代价，是不是就是这种"现代性迷失"？

张艳梅：有一次和宁肯聊天，他说很喜欢你的花街，那种丰盈饱满，诗意灵性，真是精彩。我每去江南，看到那些温婉的小桥流水人家，常常想起你的《花街》《水边书》，秀美的自然风物，杂错的人情世故，在水波荡漾袅袅炊烟之中，带给我们世外桃源的向往。不过，在这诗意的书写中，我还是读出了沉重的乡愁。你在精神之乡中构建的青春世界，其中饱含着对成长的警觉和向往，对生活的探索与认知，对爱的领悟和珍视，对世界的质疑和理解。这些复杂的生命体验，在审美意义上，给怀乡的人以抚慰，那么，你心中的理想之乡是怎样的？

徐则臣：我经常觉得自己很分裂，一方面向往那种古典、安妥、静美的"故乡",一方面又不停地弃乡、逃乡、叛乡,去寻找激烈动荡的"现代"生活和思考。古典的和现代的两个人在我身体里打架。我努力让他们和解,让"审美"的能够容纳"焦虑",让"焦虑"也变得"审美",但是很困难,我只好在这两极之间辗转纠结,边审美边焦虑。非要描述一下我的"理想之乡",只能说,它坐落在花街通往北京的半路上。

张艳梅:很多作家都喜欢写自己邮票大的故乡。我曾经想做一本当代作家人文地理图志,包括莫言的高密东北乡,张炜的洼狸镇,贾平凹的商州,阎连科的耙楼山,孙惠芬的歇马山庄,也包括你的花街,晓苏的油菜坡,梁鸿的梁庄,或者也包括你的北京,王安忆、金宇澄的上海,等等,有些是真实的地域,有些是虚构的家园,这些文化地理坐标,与福克纳、马尔克斯多少有些精神上的血缘关系,你觉得我们的写作应该如何在人类学视野上，超越邮票的局限，实现文学的世界旅行？

　　徐则臣：这些"文学的根据地"其实都是障眼法，没有人只写自己一亩三分地上的事。每一个地方最后都可能成为整个世界，就看作家的野心、视野、胸襟、气魄和见识有多大，这个根据地的大小跟这些成正比：你有多大它就有多大。我第一篇小说写到的花街，只有几十米长、十来户人家，现在早就拐了弯，越来越长，街上什么铺子都有，现代化的、时髦的、高雅的、堕落的一应俱全，在《耶路撒冷》中，连洋教堂和妓女纪念馆都有了；原来只有几步宽，现在成了旅游景点的步行街，天黑的时候还能偷偷开进去一辆小轿车。它还会变，越来越长，越来越复杂，越来越包罗万象，直到容纳整个世界，实现"文学的世界旅行"。但地理意义上的大并不能说明什么，拉长了、抻开了很方便，问题是，如你所说"如何在人类学视野上"让它丰富和复杂，这很重要。你得有不动的东西往里装，更得有动的东西往里装：人，时代的变迁，思想，对世界和人的洞见；否则，它最后只能成为一片迂阔的鬼城。如何让它活起来，活得有价值，活得有意义和经典性，只能靠作家的修为了，谁也帮不了你。

张艳梅：我觉得宽泛地说，中国小说更关注生活，错综复杂的社会关系，日常生活场景铺陈，各种地方风俗民情，有点像所谓的浮世绘；现代西方小说则更关注人，尤其是人的心理世界和精神世界，当然，这么说有点以偏概全。回头看百年中国小说中的人物，群像可以列出好多，熠熠生辉的个体形象不多。那么，小说如何能既写好生活，又能塑造出深入人心的艺术形象？或者说，二者本来就是一体的，广阔的世界，是沿着独特的生命体验和精神线索得以呈现的，就像你的花街和京漂系列，你写出了作为一代人共同经历和面对的生活，而且带着自己独特的生命意识，超越了现实的围困，所以，我们会记住渴望远行的陈小多和初平阳，也会记住反对虚构历史的易培卿，主动背负十字架的秦奶奶？说实话，我觉得易培卿和秦奶奶的形象，比那四个年轻人更吸引我，呵呵。

徐则臣：我很认同你的说法。关注人的内心世界是个"现代性"的问题，如果你不去质疑和反思，不去探寻和追究，永远不会深入到人物内心。中国古典文学的传统是缺少"现代性"的，精力都放在人的世俗层面上，换句话说，小说都在人的身体之外做文章。所以永远都是烟火繁盛、红尘滚滚，都是热热闹闹、吹吹打打，永远都是上帝视角和一动不动的长镜头。看上去人来人往车水马龙，但就是很少实实在在的、真真切切的、知根知底的"人"。直到现在，1840年之后我们"被""现代性"至今，一百七十多年了，我们的文学里依然没有很好地解决"人的内心"的问题。当然，我们的传统有我们传统的优势和理由，这不必说。你更喜欢易培卿和秦奶奶，我想原因可能是：我们是一代人，初平阳他们的经验和内心很难对你构成强大的陌生感，也缺少足够的"历史感"；而易培卿和秦奶奶的经验和内心是有历史深度的，自有他们的区别于我们这一代人的丰富的来龙去脉。

张艳梅：我很喜欢你的那本《把大师挂在嘴上》，翻来覆去看了好几遍，甚至比你的一些小说看得都认真，其实我没有刻意想在那里面寻找你的思想资源或者精神渊源，尽管我们这些文学研究者经常会说，每个中国作家背后都站着一个或几个西方作家。我倒并不想探究你究竟喜欢哪个西方作家，或者谁对你的文学创作影响巨大，我喜欢你随笔中行云流水的文字，还有你说真话的那种直见性情的畅快。你感觉写这些文字和你写小说时的状态有什么不同？你更喜欢哪一种写作方式？

徐则臣：写随笔慢，艰难；写小说也慢，但没那么艰难。写随笔时更自信，因为不管多慢多艰难，我知道我最后总会说出一些东西来，因为只在有话要说的时候我才写随笔；写小说有快感，因为有很多东西会被临时生发出来，可以源源不断地写下去，有创造的乐趣和成就感，但因为小说尤其长篇小说是个浩大的工程，你经常会有要被淹没的恐惧，会质疑这漫山遍野的文字的意义，由此不自信。没有比寻找不到文字的意义更让人恐慌的事了。但也正因为这样，我更喜欢写小说，更曲折、更立体地逼近自己，很过瘾。

张艳梅：最后一个问题，很通俗，下一步的写作计划是什么？我曾经在研究生课上说起，相比乡土叙事，我们的城市叙事不够成熟，相比历史叙事，我们的现实叙事还缺少力量，那么，你未来的写作，会侧重什么？我很好奇。

徐则臣：真是问对了，我下一个小说写的就是城市；不仅小说的标题有城市，甚至城市本身就是一个重要主角。以后的写作，不管是涉及现实、历史还是怪力乱神，有一条不变：写每一个小说都是要解决我的一个问题。

蝴蝶梦中不知家万里 / 1996年 / 68 cm × 68 cm

天涯伴侣 / 2006年 / 68cm×68cm